文通天下

突 破 认 知 的 边 界

湖面无风，水纹细如鱼鳞。

天容云影，倒映其中，发宝石光。

湖色略有深浅，然而一望皆蓝。

山大都没有奇峰，但浓翠可喜；

白云在天上轻移，更教青山明媚。

白天，潋滟的波光引人遐想；

夜里，涛声震撼着全城的每一个角落，

如万壑松声，如万马奔腾。

浴线内点点的小舟与浴客，水禽似的浮着；

幼童的欢叫，与水波拍岸声，

与潜涛呜咽声，相间的起伏，

竞报一滩的生趣与乐意。

绿洲是人所居住的地方。

绿洲意味着人的生活，人的勤劳，

人的生老病死，喜怒哀乐，

人的文明。

在稻田中间留出来的水道上慢慢的走。

稻穗黄，芦花已白，

田坝旁边偶尔还有几穗凤眼兰。

无论是风雨横来，无论是澄江一练，

始终好像惦记着一个花一般的家乡，

那可说就是生平理想的结晶，蕴在心头的诗情，

也就是明哲保身的最后壁垒了。

人群太吵，我想去听旷野的风

史铁生 等著

光明日报出版社

图书在版编目（CIP）数据

人群太吵，我想去听旷野的风 / 史铁生等著．
北京 ： 光明日报出版社，2024.7（2025.2重印）．--
ISBN 978-7-5194-8083-7

Ⅰ．I267

中国国家版本馆CIP数据核字第20246C09C1号

人群太吵，我想去听旷野的风
RENQUN TAI CHAO, WO XIANG QU TING KUANGYE DE FENG

著　　者：史铁生 等

责任编辑：徐　蔚　　责任校对：孙　展
特约编辑：唐　三　高心怡　　责任印制：曹　诤
封面设计：公　园

出版发行：光明日报出版社
地　　址：北京市西城区永安路106号，100050
电　　话：010-63169890（咨询），010-63131930（邮购）
传　　真：010-63131930
网　　址：http://book.gmw.cn
E － mail：gmrbcbs@gmw.cn
法律顾问：北京市兰台律师事务所龚柳方律师

印　　刷：河北文扬印刷有限公司
装　　订：河北文扬印刷有限公司
本书如有破损、缺页、装订错误，请与本社联系调换，电话：010-63131930

开　　本：146mm × 210mm　　印　　张：8
字　　数：150千字
版　　次：2024年7月第1版
印　　次：2025年2月第2次印刷
书　　号：ISBN 978-7-5194-8083-7
定　　价：49.80元

目录

contents

第一章

答案在路上，自由在风里

第二章

清风拂明月，山海曾相逢

第三章

以梦为马，去向远方

第四章

人生是孤独的旷野，一路走一路失去，也一路拥有

第五章

愿你此生永远兴致盎然、烟火灿烂

第一章

答案在路上，自由在风里

途中自然有许多的苦辛，
然而四围的风光和同路的旅人都是极有趣的，
值得我们跋涉这程路来细细鉴赏。
除开这条悠长的道路外，
我们并没有别的目的地，
走完了这段征程，
我们也走出了这个世界，
重回到起点的地方了。

滇行短记 | 老舍

（一）

总没学会写游记。这次到昆明住了两个半月，依然没学会写游记，最好还是不写。但友人嘱寄短文，并以滇游为题。友情难违，就想起什么写什么。另创一格，则吾岂敢，聊以塞责，颇近似之，惭愧得紧！

（二）

八月二十六日早七时半抵昆明。同行的是罗莘田先生。他是我的幼时同学，现在已成为国内有数的音韵学家。老朋友在久别之后相遇，谈些小时候的事情，都快活得要落泪。

他住昆明青云街靛花巷，所以我也去住在那里。

住在靛花巷的，还有郑毅生先生，汤老先生[1]，袁家骅先生，许宝騄先生，郁泰然先生。

毅生先生是历史家，我不敢对他谈历史，只能说些笑话。汤老先生是哲学家，精通佛学，我偷偷的读他的晋魏六朝佛教史[2]，没有看懂，因而也就没敢向他老人家请教。家骅先生在西南联大教授英国文学，一天到晚读书，我不敢多打扰他，只在他泡好了茶的时候，搭讪着进去喝一碗，赶紧告退。他的夫人钱晋华女士常来看我。到吃饭的时候每每是大家一同出去吃价钱最便宜的小馆。宝騄先生是统计学家，年轻，瘦瘦的，聪明绝顶。我最不会算术，而他成天的画方程式。他在英国留学毕业后，即留校教书，我想，他的方程式必定画得不错！假若他除了统计学，别无所知，我只好闭口无言，全没办法。可是，他还会唱三百多出昆曲。在昆曲上，他是罗莘田先生与钱晋华女士的“老师”。罗先生学昆曲，是要看看制曲与配乐的关系，属于哪声的字容或有一定的谱法，虽腔调万变，而不难找出个作谱的原则。钱女士学昆曲，因为她是个音乐家。我本来学过几句昆曲，到这里也想再学一点。可是，不知怎的一天

---

① 即汤用彤（1893—1964），中国哲学史家，佛教史家。

② 即汤用彤所著《汉魏两晋南北朝佛教史》。

一天的度过去，天天说拍曲，天天一拍也未拍，只好与许先生约定：到抗战胜利后，一同回北平去学，不但学，而且要彩唱！郁先生在许多别的本事而外，还会烹调。当他有工夫的时候，便做一二样小菜，沽四两市酒，请我喝两杯。这样，靛花巷的学者们的生活，并不寂寞。当他们用功的时候，我就老鼠似的藏在一个小角落里读书或打盹；等他们离开书本的时候，我也就跟着“活跃”起来。

此外，在这里还遇到杨今甫、闻一多、沈从文、卞之琳、陈梦家、朱自清、罗膺中、魏建功、章川岛……诸位文坛老将，好像是到了“文艺之家”。关于这些位先生的事，容我以后随时报告。

（三）

靛花巷是条只有两三人家的小巷，又狭又脏。可是，巷名的雅美，令人欲忘其陋。

昆明的街名，多半美雅。金马碧鸡等用不着说了，就是靛花巷附近的玉龙堆，先生坡，也都令人欣喜。

靛花巷的附近还有翠湖，湖没有北平的三海那么大，那么富丽，可是，据我看：比什刹海要好一些。湖中有荷蒲；岸上有竹树，颇清秀。最有特色的是猪耳菌，成片的开着花。此花叶厚，略似猪耳，在北平，我们管它叫作凤眼兰，状其花也；花瓣上有黑点，像眼珠。叶翠绿，厚而有光；花则粉中带蓝，无论在日光下，还是月光下，都明洁秀美。

云南大学与中法大学都在靛花巷左右，所以湖上总有不少青年男女，或读书，或散步，或划船。昆明很静，这里最静；月明之夕，到此，谁仿佛都不愿出声。

（四）

昆明的建筑最似北平，虽然楼房比北平多，可是墙壁的坚厚，椽柱的雕饰，都似“京派”。

花木则远胜北平。北平讲究种花，但夏天日光过烈，冬天风雪极寒，不易把花养好。昆明终年如春，即使不精心培植，还是到处有花。北平多树，但日久不雨，则叶色如灰，令人不快。昆明的树多且绿，而且树上时有松鼠跳动！入眼浓绿，使人心静，我时时立在楼上远望，老觉得昆明静秀可喜；其实呢，街上的车马并不比别处少。

至于山水，北平也得有愧色，这里，四面是山，滇池五百里——北平的昆明湖才多么一点点呀！山土是红的，草木深绿，绿色盖不住的地方露出几块红来，显出一些什么深厚的力量，教昆明城外到处使人感到一种有力的静美。

四面是山，围着平坝子，稻田万顷。海田之间，相当宽的河堤有许多道，都有几十里长，满种着树木。万顷稻，中间画着深绿的线，虽然没有怎样了不起的特色，可也不是怎的总看着像画图。

（五）

在西南联大讲演了四次。

第一次讲演，闻一多先生作主席。他谦虚的说：大学里总是做研究工作，不容易产出活的文学来……我答以：抗战四年来，文艺写家们发现了许多文艺上的问题，诚恳的去讨论。但是，讨论的第二步，必是研究，否则不易得到结果；而写家们忙于写作，很难静静的坐下去作研究；所以，大学里做研究工作，是必要的，是帮着写家们解决问题的。研究并不是崇古鄙今，而是供给新文艺以有益的参考，使新文艺更坚实起来。譬如说：这两年来，大家都讨论民族形式问题，但讨论的多半是何谓民族形式，与民族形式的源泉何在；至于其中的细腻处，则必非匆匆忙忙的所能道出，而须一项一项的细心研究了。近来，罗莘田先生根据一百首北方俗曲，指出民间诗歌用韵的活泼自由，及十三辙的发展，成为小册。这小册子虽只谈到了民族形式中的一个问题，但是老老实实详详细细的述说，绝非空论。看了这小册子，至少我们会明白十三辙已有相当长久的历史，和它怎样代替了官样的诗韵；至少我们会看出民间文艺的用韵是何等活动，何等大胆——也就增加了我们写作时的勇气。罗先生是音韵学家，可是他的研究结果就能直接有助于文艺的写作，我愿这样的例子一天比一天多起来。

（六）

正是雨季，无法出游。讲演后，即随莘田下乡——龙泉村。村在郊北，距城约二十里，北大文科研究所在此。冯芝生、罗膺中、钱端升、王了一、陈梦家诸教授都在村中住家。教授们上课去，须步行二十里。

研究所有十来位研究生，生活至苦，用功极勤。三餐无肉，只炒点“地蛋”丝当作菜。我既佩服他们苦读的精神，又担心他们的健康。莘田患恶性摆子，几位学生终日伺候他，犹存古时敬师之道，实为难得。

莘田病了，我就写剧本。

（七）

研究所在一个小坡上——村人管它叫“山”。在山上远望，可以看见蟠龙江。快到江外的山坡，一片松林，是黑龙潭。晚上，山坡下的村子都横着一些轻雾；驴马带着铜铃，顺着绿堤，由城内回乡。

冯芝生先生领我去逛黑龙潭，徐旭生先生住在此处。此处有唐梅宋柏；旭老的屋后，两株大桂正开着金黄花。唐梅的干甚粗，但活着的却只有二三细枝——东西老了也并不一定好看。

坐在石凳上，旭老建议：中秋夜，好不好到滇池去看月；包一条小船，带着乐器与酒果，泛海竟夜。商议了半天，毫无结果。（一）船价太贵。（二）走到海边，已须步行二十里，天亮归来，又须走二十里，未免太苦。（三）找不到会玩乐器的朋友。看滇池月，非穷书生所能办到的呀！

（八）

中秋。莘田与我出了点钱，与研究所的学员们过节。吴晓铃先生掌灶，大家帮忙，居然做了不少可口的菜。饭后，在院中赏月，有人唱昆曲。午间，我同两位同学去垂钓，只钓上一二条寸长的小鱼。

（九）

莘田病好了一些。我写完了话剧《大地龙蛇》的前二幕。约了膺中、了一和众研究生，来听我朗读。大家都给了些很好的意见，我开始修改。

对文艺，我实在不懂得什么，就是愿意学习，最快活的，就是写得了一些东西，对朋友们朗读，而后听大家的批评。一个人的脑子，无论怎样的缜密，也不能教作品完全没有漏隙，而旁观者清，不定指出多少窟窿来。

（十）

从文和之琳约上呈贡——他们住在那里，来校上课须坐火车。莘田病刚好，不能陪我去，只好作罢。我继续写剧本。

（十一）

岗头村距城八里，也住着不少的联大的教职员。我去过三次，无论由城里去，还是由龙泉村去，路上都很美。走二三里，在河堤的大树下，或在路旁的小茶馆，休息一下，都使人舍不得走开。

村外的小山上，有涌泉寺，和其他的云南的寺院一样，庭中有很大的梅树和桂树。桂树还有一株开着晚花，满院都是香的。庙后有泉，泉水流到寺外，成为小溪；溪上盛开着秋葵和说不上名儿的香花，随便折几枝，就够插瓶的了。我看到一两个小女学生在溪畔端详哪枝最适于插瓶——涌泉寺里是南菁中学。

在南菁中学对学生说了几句话。我告诉他们：各处缠足的女子怎样在修路，抬土，做着抗建的工作。章川岛先生的小女儿下学后，告诉她爸爸："舒伯伯挖苦了我们的脚！"

（十二）

离龙泉村五六里，为凤鸣山。山上有庙，庙有金殿——一座小殿，全用铜筑。山与庙都没什么好看，倒是遍山青松，十分幽丽。

云南的松柏结果都特别的大。松塔大如菠萝，柏实大如枣。松子几乎代替了瓜子，闲着没事的时候，大家总是买些松子吃着玩，整船的空的松塔运到城中；大概是作燃料用，可是凤鸣山的青松并没有松塔儿，也许是另一种树吧，我叫不上名字来。

（十三）

在龙泉村，听到了古琴。相当大的一个院子，平房五六间。顺着墙，丛丛绿竹。竹前，老梅两株，瘦硬的枝子伸到窗前。巨杏一株，阴遮半院。绿阴下，一案数椅，彭先生弹琴，查先生吹箫；然后，查先生独奏大琴。

在这里，大家几乎忘了一切人世上的烦恼！

这小村多么污浊呀，路多年没有修过，马粪也数月没有扫除过，可是在这有琴音梅影的院子里，大家的心里却发出了香味。

查阜西先生精于古乐。虽然他与我是新识，却一见如故，他的音乐好，为人也好。他有时候也作点诗——即使不作诗，我也要称他为诗人呵！

与他同院住的是陈梦家先生夫妇，梦家现在正研究甲骨文。他的夫人，会几种外国语言，也长于音乐，正和查先生学习古琴。

（十四）

在昆明两月，多半住在乡下，简直的没有看见什么。城内与郊外的名胜几乎都没有看到。战时，古寺名山多被占用；我不便为看山访古而去托人情，连最有名的西山，也没有能去。在城内靛花巷住着的时候，每天我必倚着楼窗远望西山，想象着由山上看滇池，应当是怎样的美丽。山上时有云气往来，昆明人说："有雨无雨看西山"。山峰被云遮住，有雨，峰还外露，虽别处有云，也不至有多大的雨。此语，相当的灵验。西山，只当了我的阴晴表，真面目如何，恐怕这一生也不会知道了；哪容易再得到游昆明的机会呢！

到城外中法大学去讲演了一次，本来可以顺脚去看筇竹寺的五百罗汉塑像。可是，据说也不能随便进去，况且，又落了雨。

连城内的圆通公园也只可游览一半，不过，这一半确乎值得一看。建筑的大方，或较北平的中山公园还好一些；至于石树的幽美，则远胜之，因为中山公园太"平"了。

同查阜西先生逛了一次大观楼。楼在城外湖边，建筑无可观，可是水很美。出城，坐小木船。在稻田中间留出来的水道上慢慢的走。稻穗黄，芦花已白，田坝旁边偶尔还有几穗凤眼兰。远处，万顷碧波，缓动着风帆——到昆阳去的水路。

大观楼在公园内，但美的地方却不在园内，而在园外。园外是滇池，一望无际。湖的气魄，比西湖与颐和园的昆明池都大得多了。在城市附近，有这么一片水，真使人狂喜。湖上可以划船，还有鲜鱼吃。我们没有买舟，也没有吃鱼，只在湖边坐了一会看水。天上白云，远处青山，眼前是一湖秋水，使人连诗也懒得作了。作诗要去思索，可是美景把人心融化在山水风花里，像感觉到一点什么，又好像茫然无所知，恐怕坐湖边的时候就有这种欣悦吧？在此际还要寻词觅字去作诗，也许稍微笨了一点。

（十五）

剧本写完。今年是我个人的倒霉年，春初即患头晕，一直到夏季，几乎连一个字也没有写。没想到，在昆明两月，倒能写成这一点东西——好坏是另一问题，能动笔总是件可喜的事。

（十六）

剧本既已写成，就要离开昆明，多看一些地方。从文与之琳约上呈贡，因为莘田病初好，不敢走路，没有领我去，只好延期。我很想去，一来是听说那里风景很好，二来是要看看之琳写的长篇小说！——已经写了十几万字，还在继续的写。

（十七）

查阜西先生愿陪我去游大理。联大的友人们虽已在昆明二三年，还很少有到过大理的。大家都盼望我俩的计划能实现。于是我们就分头去接洽车子。

有几家商车都答应了给我们座位，我们反倒难于决定坐哪一家的了。最后，决定坐吴晓铃先生介绍的车，因为一行四部卡车，其中的一位司机是他的弟弟。兄弟俩一定教我们坐那部车，而且先请我们吃了饭，吃饭的时候，我笑着说：“这回，司机可教黄鱼给吃了！”

（十八）

一上了滇缅公路，便感到战争的紧张；在那静静的昆明城里，除了有空袭的时候，仿佛并没有什么战争与患难的存在。在我所走过的公路中，要算滇缅公路最忙了，车，车，车，来的，去的，走着的，停着的，大的，小的，到处都是车！我们所坐的车子是商车，这种车子可以搭一两个客，客人按公路交通车车价十分之二买票。短途搭脚的客人，只乘三五十里，不经过检查站，便无须打票，而作黄鱼；这是司机车的一笔“外找”。官车有押车的人，黄鱼不易上去；这批买卖多半归商车做。商车的司机薪水既高，公物安全的到达，还有奖金；薪水与奖金凑起来，已近千元，此外且有外找，差不多一月可以拿到两三千元。因为入款多，所以他们开车极仔细可靠。同时，他们也敢享受。公家车子的司机待遇没有这么高；而到处物价都以商车司机的阔气为标准，所以他们开车便理直气壮。据说，不久的将来，沿途都要为司机们设立招待所，以低廉的取价，供给他们相当舒适的食宿，使他们能饱食安眠，得到一些安慰。我希望这计划能早早实现！

第一天，到晚八时余，我们才走了六十三公里！我们这四部车没有押车的，因为押车的既没法约束司机，跟来是自讨无趣，而且时时耽误了工夫—— 一与司机冲突，则车不能动—— 一到时候交不上货去。押车员的地位，被司机的班长代替了，而这位班长绝对没有办事的能力。已走出二十公里，他忘记了交货证；回城去取。又走了数里，他才想起，没有带来机油，再回去取来！商车，假若车主不是司机出身，只有赔钱！

六十三公里的地方，有一家小饭馆，一位广东老人，不会说云南话，也不会说任何异于广东话的言语，做着生意。我很替他着急，他却从从容容的把生意做了；广东人的精神！

没有旅馆，我们住在一家人家里。房子很大，院中极脏。又赶上落了一阵雨，到处是烂泥，不幸而滑倒，也许跌到粪堆里去。

（十九）

第二天一早动身，过羊老哨，开始领略出滇缅路的艰险。司机介绍，从此到下关，最险的是圾山坡和天子庙，一上一下都有二十多公里。不过，这样远都是小坡，真正危险的地方还须过下关才能看到；有的地方，一上要一整天，一下又要一整天！

山高弯急，比川陕与西兰公路都更险恶。说到这里，也就难怪司机们要享受一点了，这是玩命的事啊！我们的司机，真谨慎：见迎面来车，马上停住让路；听后面有响声，又立刻停住让路；虽然他开车的技巧很好，可是一点也不敢大意。遇到大坡，车子一步一哼，不肯上去，他探着身（他的身量不高），连眼皮似乎都不敢眨一眨。我看得出来，到下午三四点钟的时候，他已经有点支持不住了。

在禄丰打尖，开铺子的也多是广东人。县城距公路还有二三里路，没有工夫去看。打尖的地方是在公路旁新辟的街上。晚上宿在镇南城外一家新开的旅舍里，什么设备也没有，可是住满了人。

（二十）

第三天经过圾山坡及天子庙两处险坡。终日在山中盘旋。山连山，看不见村落人烟。有的地方，松柏成林；有的地方，却没有多少树木。可是，没有树的地方，也是绿的，不像北方大山那样荒凉。山大都没有奇峰，但浓翠可喜；白云在天上轻移，更教青山明媚。高处并不冷，加以车子越走越热，反倒要脱去外衣了。

晚上九点，才到下关车站。几乎找不到饭吃，因为照规矩须在日落以前赶到，迟到的便不容易找到东西吃了。下关在高处，车子都停在车站。站上的旅舍饭馆差不多都是新开的，既无完好的设备，价钱又高，表示出“专为赚钱，不管别的”的心理。

公路局设有招待所，相当的洁净，可是很难有空房。我们下了一家小旅舍，门外没有灯，门内却有一道臭沟，一进门我就掉在沟里！楼上一间大屋，设床十数架，头尾相连，每床收钱三元。客人们要有两人交谈的，大家便都需陪着不睡，因为都在一间屋子里。

这样的旅舍要三元一铺，吃饭呢，至少须花十元以上，才能吃饱。司机者的花费，即使是绝对规规矩矩，一天也要三四十元咧。

（二十一）

下关的风，上关的花，苍山的雪，洱海的月，为大理四景。据说下关的风虽多，而不进屋子。我们没遇上风，不知真假。我想，不进屋子的风恐怕不会有，也许是因这一带多地震，墙壁都造得特别厚，所以屋中不大受风的威胁吧。

早晨，车子都开了走，下关便很冷静；等到下午五六点钟的时候，车子都停下，就又热闹起来。我们既不愿白日在旅馆里呆坐，也不喜晚间的嘈杂，便马上决定到喜洲镇去。

由下关到大理是三十里，由大理到喜洲镇还有四十五里。看苍山，以在大理为宜；可是喜洲镇有我们的朋友，所以决定先到那里去。我们雇了两乘滑竿。

这里抬滑竿的多数是四川人。本地人是不愿卖苦力气的。

离开车站，一拐弯便是下关。小小的一座城，在洱海的这一端，城内没有什么可看的。穿出城，右手是洱海，左手是苍山，风景相当的美。可惜，苍山上并没有雪；按轿夫说，是几天没下雨，故山上没有雪——地上落雨，山上就落雪，四季皆然。

到处都有流水，是由苍山流下的雪水。缺雨的时候，即以雪水灌田，但是须向山上的人购买；钱到，水便流过来。

沿路看到整齐坚固的房子，一来是因为防备地震，二来是石头方便。

在大理城内打尖。长条的一座城，有许多家卖大理石的铺子。铺店的牌匾也有用大理石做的，圆圆的石块，嵌在红木上，非常的雅致。城中看不出怎样富庶，也没有多少很体面的建筑，但是在晴和的阳光下，大家从从容容的做着事情，使人感到安全静美。谁能想到，这就是杜文秀抵抗清兵十八年的地方啊！

太阳快落了，才看到喜洲镇。在路上，被日光晒得出了汗；现在，太阳刚被山峰遮住，就感到凉意。据说，云南的天气是一岁中的变化少，一日中的变化多。

（二十二）

洱海并不像我们想象的那么美。海长百里，宽二十里，是一个长条儿，长而狭便一览无余，缺乏幽远或苍茫之气；它像一条河，不像湖。还有，它的四面都是山，可是山——特别是紧靠湖岸的——都不很秀，都没有多少树木。这样，眼睛看到湖的彼岸，接着就是些平平的山坡了；湖的气势立即消散，不能使人凝眸伫视——它不成为景！

湖上的渔帆也不多。

喜洲镇却是个奇迹。我想不起，在国内什么偏僻的地方，见过这么体面的市镇，远远的就看见几所楼房，孤立在镇外，看样子必是一所大学校。我心中暗喜；到喜洲来，原为访在华中大学的朋友们；假若华中大学有这么阔气的楼房，我与查先生便可以舒舒服服的过几天了。及仔细一打听，才知道那是五台中学，地方上士绅捐资建筑的，花费了一百多万，学校正对着五台高峰，故以五台名。

一百多万！是的，这里的确有出一百多万的能力。看，镇外的牌坊，高大，美丽，通体是大理石的，而且不止一座呀！

进到镇里，仿佛是到了英国的剑桥，街旁到处流着活水：一出门，便可以洗菜洗衣，而污浊立刻随流而逝。街道很整齐，商店很多。有图书馆，馆前立着大理石的牌坊，字是贴金的！有警察局。有像王宫似的深宅大院，都是雕梁画柱。有许多祠堂，也都金碧辉煌。

不到一里，便是洱海。不到五六里便是高山。山水之间有这样的一个镇市，真是世外桃源啊！

（二十三）

华中大学却在文庙和一所祠堂里。房屋又不够用，有的课室只像卖香烟的小棚子。足以傲人的，是学校有电灯。校车停驶，即利用车中的马达磨电。据说，当电灯初放光明的时节，乡人们“不远千里而来”“观光”。用不着细说，学校中一切的设备，都可以拿这样的电灯作象征——设尽方法，克服困难。

教师们都分住在镇内，生活虽苦，却有好房子住。至不济，还可以租住阔人们的祠堂——即连壁上都嵌着大理石的祠堂。

四年前，我离家南下，到武汉便住在华中大学。隔别三载，朋友们却又在喜洲相见，是多么快活的事呀！住了四天，天天有人请吃鱼：洱海的鱼拿到市上还欢跳着。“留神破产呀！”客人发出警告。可是主人们说：“谁能想到你会来呢？！破产也要痛快一下呀！”

我给学生们讲演了三个晚上，查先生讲了一次。五台中学也约去讲演，我很怕小学生们不懂我的言语，因为学生们里有的是讲民家话的。民家话属于哪一语言系统，语言学家们还正在讨论中。在大理城中，人们讲官话，城外便要说民家话了。到城里做事和卖东西的，多数的人只能以官话讲价钱，和说眼前的东西的名称，其余的便说不上来了。所谓“民家”者，对官家军人而言，大概在明代南征的时候，官吏与军人被称为官家与军家，而原来的居民便成了民家。

民家人是谁？民家语是属于哪一系统？都有人正在研究。民家人的风俗、神话、历史，也都有研究的价值。云南是学术研究的宝地，人文而外，就单以植物而言，也是兼有温带与寒带的花木啊。

（二十四）

游了一回洱海，可惜不是月夜。湖边有不少稻田，也有小小的村落。阔人们在海中建起别墅别有天地。这些人是不是发国难财的，就不得而知了。

也游了一次山，山上到处响着溪水，东一个西一个的好多水磨。水比山还好看！苍山的积雪化为清溪，水浅绿，随处在石块左右，翻起白花，水的声色，有点像瑞士的。

山上有罗刹阁。菩萨化为老人，降伏了恶魔罗刹父子，压于宝塔之下。这类的传说，显然是佛教与本土的神话混合而成的。经过分析，也许能找出原来的宗教信仰，与佛教输入的情形。

（二十五）

此地，妇女们似乎比男人更能干。在田里下力的是妇女，在场上卖东西的是妇女，在路上担负粮柴的也是妇女。妇女，据说，可以养着丈夫，而丈夫可以在家中安闲的享福。

妇女的装束略同汉人，但喜戴些零七八碎的小装饰。很穷的小姑娘、老太婆，尽管衣裙破旧，也戴着手镯。草帽子必缀上两根红绿的绸带。她们多数是大足，但鞋尖极长极瘦，鞋后跟钉着一块花布，表示出也近乎缠足的意思。

听说她们很会唱歌，但是我没有听见一声。

（二十六）

由喜洲回下关，并没在大理停住，虽然华中的友人给了我们介绍信，在大理可以找到住处。大理是游苍山的最合适的地方。我们所以直接回下关者，一来因为不愿多打扰生朋友，二来是车子不好找，须早为下手。

回到下关，范会逢先生来访，并领我们去洗温泉。云南这一带温泉很多，而且水很热。我们洗澡的地方，安有冷水管，假若全用泉水，便热得下不去脚了。泉下，一个很险要的地方，两面是山，中间是水，有一块碑，刻着汉诸葛武侯擒孟获处。碑是光绪年间立的，不知以前有没有？

范先生说有小车子回昆明，教我们乘搭。在这以前，我们已交涉好滇缅路交通车，即赶紧辞退，可是，路局的人员约我去演讲一次。他们的办公处，在湖边上，一出门便看见山水之胜。小小的一个俱乐部，里面有些书籍。职员之中，有些很爱好文艺的青年。他们还在下关演过话剧。他们的困难是找不到合适的剧本。他们的人少，服装道具也不易置办，而得到的剧本，总嫌用人太多，场面太多，无法演出。他们的困难，我想，恐怕也是各地方的热心戏剧宣传者的困难吧，写剧的人似乎应当注意及此。

讲演的时候，门外都站满了人。他们不易得到新书，也不易听到什么，有朋自远方来，当然使他们兴奋。

在下关旅舍里，遇见一位新由仰光回来的青年，他告诉我：海外是怎样的需要文艺宣传。有位“常任侠”——不是中大的教授——声言要在仰光等处演戏，需钱去接来演员。演员们始终没来一个，而常君自己已骗到手十多万！

（二十七）

小车子一天赶了四百多公里，早六时半出发，晚五时就开到了昆明。

预备做两件事：一件是看看滇戏，一件是上呈贡。滇戏没看到，因为空袭的关系，已很久没有彩唱，而只有“坐打”。呈贡也没去成。预定十一月十四日起身回渝，十号左右可去呈贡，可是忽然得到通知，十号可以走，破坏了预定计划。

十日，恋恋不舍的辞别了众朋友。

可爱的成都 | 老舍

到成都来，这是第四次。第一次是在四年前，住了五六天，参观全城的大概。第二次是在三年前，我随同西北慰劳团北征，路过此处，故仅留二日。第三次是慰劳归来，在此小住，留四日，见到不少的老朋友。这次——第四次——是受冯焕璋先生之约，去游灌县与青城山，由山上下来，顺便在成都玩几天。

成都是个可爱的地方。对于我，它特别的可爱，因为：

（一）我是北平人，而成都有许多与北平相似之处，稍稍使我减去些乡思。到抗战胜利后，我想，我总会再来一次，多住些时候，写一部以成都为背景的小说。在我的心中，地方好像也都像人似的，有个性格。我不喜上海，因为我抓不住它的性格，说不清它到底是怎么一回事。我不能与我所不明白的人交朋友，也不能描写我所不明白的地方。对成都，真的，我知道的事情太少了，但是，我相信会借它的光儿写出一点东西来。我似乎已看到了它的灵魂，因为它与北平相似。

（二）我有许多老友在成都。有朋友的地方就是好地方。这诚然是个人的偏见，可是恐怕谁也免不了这样去想吧。况且成都的本身已经是可爱的呢。八年前，我曾在齐鲁大学教过书。七七抗战后，我由青岛移回济南，仍住齐大。我由济南流亡出来，我的妻小还留在齐大，住了一年多。齐大在济南的校舍现在已被敌人完全占据，我的朋友们的一切书籍器物已被劫一空，那么，今天又能在成都会见其患难的老友，是何等的快乐呢！衣物，器具，书籍，丢失了有什么关系！我们还有命，还能各守岗位的去忍苦抗敌，这就值得共进一杯酒了！抗战前，我在山东大学也教过书。这次，在华西坝，无意中的也遇到几位山大的老友，“惊喜欲狂”一点也不是过火的形容。一个人的生命，我以为，是一半儿活在朋友中的。假若这句话没有什么错误，我便不能不“因人及地”的喜爱成都了。啊，这里还有几十位文艺界的友人呢！与我的年纪差不多的，如郭子杰，叶圣陶，陈翔鹤诸先生，握手的时节，不知为何，不由得就彼此先看看头发——都有不少根白的了，比我年纪轻一点的呢，虽然头发不露痕迹，可是也显着削瘦，霜鬓瘦脸本是应该引起悲愁的事，但是，为了抗战而受苦，为了气节而不肯折腰，瘦弱衰老不是很自然的结果么？这真是悲喜俱来，另有一番滋味了！

（三）我爱成都，因为它有手有口。先说手，我不爱古玩，第一因为不懂，第二因为没有钱。我不爱洋玩意儿，第一因为它们洋气十足，第二因为没有美金。虽不爱古玩与洋东西，但是我喜爱现代的手造的相当美好的小东西。假若我们今天还能制造一些美好的物件，便是表示了我们民族的爱美性与创造力仍然存在，并不逊于古人。中华民族在雕刻，图画，建筑，制铜，造瓷……上都有特殊的天才。这种天才在造几张纸，制两块墨砚，打一张桌子，漆一两个小盒上都随时的表现出来。美的心灵使他们的手巧。我们不应随便丢失了这颗心。因此，我爱现代的手造的美好的东西。北平有许多这样的好东西，如地毯，珐琅，玩具……但是北平还没有成都这样多。成都还存着我们民族的巧手。我绝对不是反对机械，而只是说，我们在大的工业上必须采取西洋方法，在小工业上则须保存我们的手。谁知道这二者有无调谐的可能呢？不过，我想，人类文化的明日，恐怕不是家家造大炮，户户有坦克车，而是要以真理代替武力，以善美代替横暴。果然如此，我们便应想一想是否该把我们的心灵也机械化了吧？次说口：成都人多数健谈。文化高的地方都如此，因为“有”话可讲。但是，这且不在话下。

这次，我听到了川剧，洋琴，与竹琴。川剧的复杂与细腻，在重庆时我已领略了一点。到成都，我才听到真好的川剧。很佩服贾佩之，萧楷成，周企何诸先生的口。我的耳朵不十分笨，连昆曲——听过几次之后——都能哼出一句半句来。可是，已经听过许多次川剧，我依然一句也哼不出。它太复杂，在牌子上，在音域上，恐怕它比任何中国的歌剧都复杂的好多。我希望能用心的去学几句。假若我能哼上几句川剧来，我想，大概就可以不怕学不会任何别的歌唱了。竹琴本很简单，但在贾树三的口中，它变成极难唱的东西。他不轻易放过一个字去，他用气控制着情，他用“抑”逼出“放”，他由细嗓转到粗嗓而没有痕迹。我很希望成都的口，也和它的手一样，能保存下来。我们不应拒绝新的音乐，可也不应把旧的扫灭。恐怕新旧相通，才能产生新的而又是民族的东西来吧。

还有许多话要说，但是很怕越说越没有道理，前边所说的那一点恐怕已经是糊涂话啊！且就这机会谢谢侯宝璋先生给我在他的客室里安了行军床，吴先忧先生领我去看戏与洋琴，文协分会会员的招待，与朋友们的赏酒饭吃！

同命运的小鱼 | 萧红

我们的小鱼死了。它从盆中跳出来死的。

我后悔，为什么要出去那么久！为什么只贪图自己的快乐而把小鱼干死了！

那天鱼放到盆中去洗的时候，有两条又活了，在水中立起身来。那么只用那三条死的来烧菜。鱼鳞一片一片的掀掉，沉到水盆底去；肚子剥开，肠子流出来。我只管掀掉鱼鳞，我还没有洗过鱼，这是试着干，所以有点害怕，并且冰凉的鱼的身子，我总会联想到蛇；剥鱼肚子，我更不敢了。郎华剥着，我就在旁边看，然而看也有点躲躲闪闪，好像乡下没有教养的孩子怕着已死的猫会还魂一般。

“你看你这个无用的，连鱼都怕。”说着，他把已经收拾干净的鱼放下，又剥第二个鱼肚子。这回鱼有点动，我连忙扯了他的肩膀一下：“鱼活啦，鱼活啦！”

“什么活啦！神经质的人，你就看着好啦！”他逞强一般的在鱼肚子上划了一刀，鱼立刻跳动起来，从手上跳下盆去。

“怎么办哪？”这回他向我说了。我也不知道怎么办。他从水中摸出来看看，好像鱼会咬了他的手，马上又丢下水去。鱼的肠子流在外面一半，鱼是死了。

“反正也是死啦，那就吃了它。”

鱼再被拿到手上，一些也不动弹。他又安然的把它收拾干净。直到第三条鱼收拾完，我都是守候在旁边，怕看，又想看。第三条鱼是完全死的，没有动。盆中更小的一条很活泼了，在盆中转圈。另一条怕是要死，立起不多时又横在水面。

火炉的铁板热起来，我的脸感觉烤痛时，锅中的油翻着花。鱼就在大炉台的菜板上，就要放到油锅里去。我跑到二层门去拿油瓶，听得厨房里有什么东西跳起来，噼噼啪啪的。他也来看。盆中的鱼仍在游着，那么菜板上的鱼活了，没有肚子的鱼活了，尾巴仍打得菜板很响。

这时我不知该怎样做，我怕看那悲惨的东西。躲到门口，我想：不吃这鱼吧。然而它已经没有肚子了，可怎样再活？我的眼泪都跑上眼睛来，再不能看了。我转过身去，面向着窗子。窗外的小狗正在追逐那红毛鸡，房东的使女小菊挨过打以后到墙根处去哭……

这是凶残的世界，失去了人性的世界，用暴力毁灭了它吧！毁灭了这些失去了人性的东西！

晚饭的鱼是吃的，可是很腥，我们吃得很少，全部丢到垃圾箱去。

剩下来两条活的就在盆里游泳，夜间睡醒时，听见厨房里有乒乓的水声。点起洋烛去看一下。可是我不敢去，叫郎华去看。

“盆里的鱼死了一条，另一条鱼在游水响……”

到早晨，用报纸把它包起来，丢到垃圾箱去。只剩一条在水中上下游着，又为它换了一盆水，早饭时又丢了一些饭粒给它。

小鱼两天都是快活的，到第三天忧郁起来，看了几次，它都是沉到盆底。

“小鱼都不吃食啦，大概要死吧？”我告诉郎华。

他敲一下盆沿，小鱼走动两步，再敲一下，再走动两步……不敲，它就不走，它就沉下去。

又过一天，小鱼的尾巴也不摇了，就是敲盆沿，它也不动一动尾巴。

“把它送到江里一定能好，不会死。它一定是感到不自由才忧愁起来！”

“怎么送呢？大江还没有开冻，就是能找到一个冰洞把它塞下去，我看也要冻死，再不然也要饿死。”我说。

郎华笑了。他说我像玩鸟的人一样，把鸟放在笼子里，给它米子吃，就说它没有悲哀了，就说比在山里好得多，不会冻死，不会饿死。

“有谁不爱自由呢？海洋爱自由，野兽爱自由，昆虫也爱自由。”郎华又敲了一下水盆。

小鱼只悲哀了两天，又畅快起来，尾巴打着水响。我每天在火边烧饭，一边看着它，好像生过病又好起来的自己的孩子似的，更珍贵一点，更爱惜一点。天真太冷，打算过了冷天就把它放到江里去。

我们每夜到朋友那里去玩，小鱼就自己在厨房里过个整夜。它什么也不知道，它也不怕猫会把它攫了去，它也不怕耗子会使它惊跳。我们半夜回来也要看看，它总是安安然然的游着。家里没有猫，知道它没有危险。

又一天就在朋友那里过的夜，终夜是跳舞，唱戏。第二天晚上才回来，时间太长了，我们的小鱼死了！

第一步踏进门的是郎华，差一点没踏碎那小鱼。点起洋烛去看，还有一点呼吸，鳃还轻轻的抽着。我去摸它身上的鳞，都干了。小鱼是什么时候跳出水的？是半夜？是黄昏？耗子惊了你，还是你听到了猫叫？

蜡油滴了满地，我举着蜡烛的手，不知歪斜到什么程度。

屏着呼吸，我把鱼从地板上拾起来，再慢慢把它送到水里，好像亲手让我完成一件丧仪。沉重的悲哀压住了我的头，我的手也颤抖了。

短命的小鱼死了！是谁把你摧残死的？你还那样幼小，来到世界——说你来到鱼群吧，在鱼群中你还是幼芽一般正应该生长的，可是你死了！

郎华出去了，把空漠的屋子留给我。他回来时正在开门，我就赶上去说："小鱼没死，小鱼又活啦！"我一面拍着手，眼泪就要流出来。我到桌子上去取蜡烛。他敲着盆沿，没有动，鱼又不动了。

"怎么又不会动了？"手到水里去把鱼立起来，可是它又横过去。

"站起来吧。你看蜡油啊！……"他拉我离开盆边。

小鱼这回是真死了！可是过一会又活了。这回我们相信小鱼绝对不会死，离开水的时间太长，复一复原就会好的。

半夜郎华起来看，说它一点也不动了，但是不怕，那一定是又在休息。我招呼郎华不要动它，小鱼在养病，不要搅扰它。

亮天看它还在休息，吃过早饭看它还在休息。又把饭粒丢到盆中。我的脚踏起地板来也放轻些，只怕把它惊醒，我说小鱼是在睡觉。

这睡觉就再没有醒。我用报纸包它起来，鱼鳞沁着血，一只眼睛一定是在地板上挣跳时弄破的。

就这样吧，我送它到垃圾箱去。

途中

梁遇春

今天是个潇洒的秋天，飘着零雨，我坐在电车里，看到沿途店里的伙计们差不多都是懒洋洋地在那里谈天，看报，喝茶——喝茶的尤其多，因为今天实在有点冷起来了。还有些只是倚着柜头，望望天色。总之纷纷扰扰的十里洋场顿然现出闲暇悠然的气概，高楼大厦的商店好像都化作三间两舍的隐庐，里面那班平常替老板挣钱，向主顾赔笑的伙计们也居然感到了生活余裕的乐处，正在拉闲扯散地过日，仿佛全是古之隐君子了。路上的行人也只是稀稀的几个，连坐在电车里面上银行去办事的洋鬼子们也燃着烟斗，无聊赖地看报上的广告，平时的燥气全消，这大概是那件雨衣的效力罢！到了北站，换上去西乡的公共汽车，雨中的秋之田野是别有一种风味的。外面的蒙蒙细雨是看不见的，看得见的只是车窗上不断地来临的小雨点同河面上错杂得可喜的纤纤雨脚。此外还有粉般的小雨点从破了的玻璃窗进来，栖止在我的脸上。我虽然有些寒战，但是受了雨水的洗礼，精神变成格外地清醒。已撄世网，醉生梦死久矣的我真不容易有这么清醒，这么气爽。再看外面的景色，既没有像春天那娇艳得使人们感到它的不能久留，也不像冬天那样树枯草死，好似世界是快毁灭了，却只是静默默地，一层轻轻的雨雾若隐若现地盖着，把大地美化了许多，我不禁微吟着乡前辈姜白石[1]的诗句，真是“人生难得秋前雨”。忽然想到今天早上她皱着眉头说道：“这样凄风苦雨的天气，你也得跑那么远的路程，这真可厌呀！”我暗暗地微笑。她哪里晓得我正在凭窗赏玩沿途的风光呢？她或者以为我现在必定是哭丧着脸，像个到刑场的死囚，万不会想到我正流连着这叶尚未凋，草已添黄的秋景。同情是难得的，就是错误的同情也是无妨，所以我就让她老是这样可怜着我的仆仆风尘罢；并且有时我有什么逆意的事情，脸上露出不豫的颜色，可以借路中的辛苦来遮掩，免得她一再追究，最后说出真话，使她平添了无数的愁绪。

其实我是个最喜欢在十丈红尘里奔走道路的人。我现在每天在路上的时间差不多总在两点钟以上，这是已经有好几个月了，我却一点也不生厌，天天走上电车，老是好像开始蜜月旅

① 即姜夔（约1155—1209），南宋词人、音乐家。字尧章，号白石道人。

行一样。电车上和道路上的人们彼此多半是不相识的，所以大家都不大拿出假面孔来，比不得讲堂里，宴会上，衙门里的人们那样彼此拚命地一味敷衍。公园，影戏院，游戏场，馆子里面的来客个个都是眉开眼笑的，最少也装出那么样子，墓地，法庭，医院，药店的主顾全是眉头皱了几十纹的，这两下都未免太单调了，使我们感到人世的平庸无味。车子里面和路上的人们却具有万般色相，你坐在车里，只要你睁大眼睛不停地观察了三十分钟，你差不多可以在所见的人们脸上看出人世一切的苦乐感觉同人心的种种情调。你坐在位子上默默地鉴赏，同车的客人们老实地让你从他们的形色举止上去推测他们的生平同当下的心境，外面的行人一一现你眼前，你尽可恣意瞧着，他们并不会晓得，而且他们是这么不断地接连走过，你很可以拿他们来彼此比较，这种普通人的行列的确是比什么赛会都有趣得多，路上源源不绝的行人可说是上帝设计的赛会，当然胜过了我们佳节时红红绿绿的玩意儿了。并且在路途中我们的心境是最宜于静观的，最能吸收外界的刺激的。我们通常总是有事干，正经事也好，歪事也好，我们的注意免不了特别集中在一点上，只有路途中，尤其走熟了的长路，在未到目的地以前，我们的方寸是悠然的，不专注于一物，却是无所不留神的，在匆匆忙忙的一生里，我们此时才得好好地看一看人生的真况。所以无论从哪一方面说起，途中是认识人生最方便的地方。车中，船上同人行道可说是人生博览会的三张入场券，可惜许多人把它们当作废纸，空走了一生的路。我们有一句古话：“读万卷书，行万里路。”所谓行万里路自然是指走遍名山大川，通都大邑，但是我觉得换一个解释也是可以。一条的路你来往走了几万遍，凑成了万里这个数目，只要你真用了你的眼睛，你就可以算是懂得人生的人了。俗语说道：“秀才不出门，能知天下事”，我们不幸未得入泮，只好多走些路，来见见世面罢！对于人生有了清澈的观照，世上的荣辱祸福不足以扰乱内心的恬静，我们的心灵因此可以获得永久的自由，可见个个的路都是到自由的路，并不限于罗素先生所钦定的：所怕的就是面壁参禅，目不窥路的人们，他们自甘沦落，不肯上路，的确是无法可办。读书是间接地去了解人生，走路是直接地去了解人生，一落言诠，便非真谛，所以我觉得万卷书可以搁开不念，万里路非放步走去不可。

了解自然，便是非走路不可。但是我觉得有意的旅行倒不如通常的走路那样能与自然更见亲密。旅行的人们心中只惦着他的目的地，精神是紧张的。实在不宜于裕然地接受自然的美景。并且天下的风光是活的，并不拘泥于一谷一溪，一洞一岩，旅行的人们所看的却多半是这些名闻四海的死景，人人莫名其妙地照例赞美的胜地。旅行的人们也只得依样葫芦一番，做了万古不移的传统的奴隶。这又何苦呢？并且只有自己发现出的美景对着我们才会有贴心的亲切感觉，才会感动了整个心灵，而这些好景却大抵是得之偶然的，绝不能强求。所以有时因公外出，在火车中所瞥见的田舍风光会深印在我们的心坎里，而花了盘川，告了病假去赏玩的名胜倒只是如烟如雾地浮动在记忆的海里。今年的春天同秋天，我都去了一趟杭州，每天不是坐在划子里听着舟子的调度，就是跑山，恭敬地聆着车夫的命令，一本薄薄的指南隐隐地含有无上的威权，等到把所谓胜景一一领略过了，重上火车，我的心好似去了重担。当我再继续过着我通常的机械生活，天天自由地东瞧西看，再也不怕受了舟子，车夫，游侣的责备，再也没有什么应该非看不可的东西，我真快乐得几乎发狂。西泠的景色自然是渐渐消失得无影无迹，可惜消失得太慢，起先还做了我几个噩梦的背景。当我梦到无私的车夫，带我走着崎岖难行的宝石山或者光滑不能驻足的往龙井的石路，不管我怎样求免，总是要迫我去看烟霞洞的烟霞同龙井的龙角。谢谢上帝，西湖已经不再浮现在我的梦中了。而我生平所最赏心的许多美景是从到西乡的公共汽车的玻璃窗得来的。我坐在车里，任它一上一下，一左一右地跳荡，看着老看不完的十八世纪长篇小说，有时闭着书随便望一望外面天气，忽然觉得青翠迎人，遍地散着香花，晴天现出不可描摹的蓝色。我顿然感到春天已到大地，这时我真是神魂飞在九霄云外了。再去细看一下，好景早已过去，剩下的是闸北污秽的街道，明天再走到原地，一切虽然仍旧，总觉得有所不足，与昨天是不同的，于是乎那天的景色永留在我的心里。甜蜜的东西看得太久了也会厌烦，真正的好景都该这样一瞬即逝，永不重来。婚姻制度的最大毛病也就是在于日夕聚首：将一切好处都因为太熟而化成坏处了。此外在热狂的夏天，风雪载途的冬季我也常常出乎意料地获得不可名言的妙境，滋润着我的心田。会心不远，真是陆放翁所谓的“何处楼台无月明”。自己培养有一个易感的心境，那么走路的确是了解自然的捷径。

“行”不单是可以使我们清澈地了解人生同自然，它自身又是带有诗意的，最浪漫不过的。雨雪霏霏，杨柳依依，这些境界只有行人才有福享受的。许多奇情逸事也都是靠着几个人的漫游而产生的。《西游记》，《镜花缘》，《老残游记》，Cervantes[1]的《吉诃德先生》[2]（*Don Quixote*），Swift[3]

---

① 塞万提斯·萨维德拉（1547—1616），西班牙作家。

② 今译《堂吉诃德》。

③ 乔纳森·斯威夫特（1667—1745），英国作家。

的《海外轩渠录》[①]（*Gulliver's Travels*），Bunyan[②]的《天路历程》（*Pilgrim's Progress*），Cowper[③]的《痴汉骑马歌》（*John Gilpin*），Dickens[④]的 *Pickwick Papers*[⑤]，Byron[⑥]的 *Childe Harold's Pilgrimage*[⑦]，Fielding[⑧]的 *Joseph Andrews*[⑨]，Gogols[⑩]的 *Dead Souls*[⑪]等不可一世的杰作没有一个不是以"行"为骨子的，所说的全是途中的一切，我觉得文学的浪漫题材在爱情以外，就要数到"行"了。陆放翁是个豪爽不羁的诗人，而他最出色的杰作却是那些纪行的七言。我们随便抄下两首，来代我

---

① 今译《格列佛游记》。

② 约翰·班扬（1628—1688），英国散文作家。

③ 威廉·柯珀（1731—1800），英国诗人。

④ 查尔斯·狄更斯（1812—1870），英国作家。

⑤ 即查尔斯·狄更斯所作《匹克威克外传》。

⑥ 乔治·戈登·拜伦（1788—1824），英国诗人。

⑦ 即乔治·戈登·拜伦创作的长诗《恰尔德·哈罗德游记》。

⑧ 亨利·菲尔丁（1707—1754），英国小说家。

⑨ 即亨利·菲尔丁所著《约瑟夫·安德鲁斯》。

⑩ 尼古莱·瓦西里耶维奇·果戈理（1809—1852），俄国作家。

⑪ 即尼古莱·瓦西里耶维奇·果戈理长篇小说《死魂灵》。

们说出“行”的浪漫性罢！

剑门道中遇微雨

衣上征尘杂酒痕，远游无处不消魂。
此身合是诗人未？细雨骑驴入剑门。

南定楼遇急雨

行遍梁州到益州，今年又作度泸游。
江山重复争供眼，风雨纵横乱入楼。
人语朱离逢峒獠，棹歌欸乃下吴舟。
天涯住稳归心懒，登览茫然却欲愁。

因为“行”是这么会勾起含有诗意的情绪的，所以我们从“行”可以得到极愉快的精神快乐，因此“行”是解闷消愁的最好法子，将濒自杀的失恋人常常能够从漫游得到安慰，我们有时心境染了凄迷的色调，散步一下，也可以解去不少的忧愁。Hawthorne①同Edgar Allan Poe②最爱描状一个心里感到

① 纳撒尼尔·霍桑（1804—1864），美国小说家。

② 埃德加·爱伦·坡（1809—1849），美国作家、文艺评论家。

空虚的悲哀的人不停地在城里的各条街道上回复地走了又走，以冀对于心灵的饥饿能够暂时忘却。Dostoevsky[①]的《罪与罚》里面的Raskolnikov[②]犯了杀人罪之后，也是无目的到处乱走，仿佛走了一下，会减轻了他心中的重压。甚至于有些人对于“行”具有绝大的趣味，把别的趣味一齐压下了，Stevenson[③]的《流浪汉之歌》就表现出这样的一个人物，他在最后一段里说道：“财富我不要，希望，爱情，知己的朋友，我也不要；我所要的只是上面的青天同脚下的道路。”

Wealth I ask not, hope nor love,
Nor a friend to know me;
All I ask, the heaven above
And the road below me.

Walt Whitman[④]也是一个歌颂行路的诗人，他的《大路之

① 费奥多尔·米哈伊洛维奇·陀思妥耶夫斯基（1821—1881），俄国作家。

② 即《罪与罚》中的主人公“拉斯柯尔尼科夫”。

③ 罗伯特·斯蒂文森（1850—1894），英国小说家。

④ 沃尔特·惠特曼（1819—1892），美国诗人。

歌》真是“行”的绝妙赞美诗，我就引他开头的雄浑诗句来做这段的结束罢！

A foot and light-hearted I take to the open road,
Healthy, free, the world before me,
The long brown path before me leading wherever I choose.

我们从摇篮到坟墓也不过是一条道路，当我们正寝以前，我们可说是老在途中。途中自然有许多的苦辛，然而四围的风光和同路的旅人都是极有趣的，值得我们跋涉这程路来细细鉴赏。除开这条悠长的道路外，我们并没有别的目的地，走完了这段征程，我们也走出了这个世界，重回到起点的地方了。科学家说我们就归于毁灭了，再也不能重走上这段路途。主张灵魂不灭的人们以为来日方长，这条路我们还能够一再重走了几千万遍。将来的事，谁去管它，也许这条路有一天也归于毁灭。我们还是今天有路今天走罢，最要紧的是不要闭着眼睛，朦朦一生，始终没有看到了世界。

翡冷翠[1]山居闲话（节选）

徐志摩

在这里出门散步去，上山或是下山，在一个晴好的五月的傍晚，正像是去赴一个美的宴会，比如去一果子园，那边每株树上都是满挂着诗情最秀逸的果实，假如你单是站着看还不满意时，只要你一伸手就可以采取，可以恣尝鲜味，足够你性灵的迷醉。阳光正好暖和，绝不过暖；风息是温驯的，而且往往因为他是从繁花的山林里吹度过来，他带来一股幽远的淡香，连着一息滋润的水汽，摩挲着你的颜面，轻绕着你的肩腰，就这单纯的呼吸已是无穷的愉快；空气总是明净的，近谷内不生烟，远山上不起霭，那美秀风景的全部正像画片似的展露在你的眼前，供你闲暇的鉴赏。

作客山中的妙处，尤在你永不须踌躇你的服色与体态；你不妨摇曳着一头的蓬草，不妨纵容你满腮的苔藓；你爱穿什么

① 今译“佛罗伦萨”，意大利中部文化名城。

就穿什么；扮一个牧童，扮一个渔翁，装一个农夫，装一个走江湖的桀卜闪[1]，装一个猎户；你可以拿一条这边艳色的长巾包在你的头上，学一个太平军的头目，或是拜伦那埃及装的姿态；但最要紧的是穿上你最旧的旧鞋，别管他模样不佳，他们是顶可爱的好友，他们承着你的体重却不叫你记起你还有一双脚在你的底下。

这样的玩顶好是不要约伴，我竟想严格的取缔，只许你独身；因为有了伴多少总得叫你分心，尤其是年轻的女伴，你应得躲避她像你躲避青草里一条美丽的花蛇！平常我们从自己家里走到朋友的家里，或是我们执事的地方，那无非是在同一个大牢里从一间狱室移到另一间狱室去，拘束永远跟着我们，自由永远寻不到我们；但在这春夏间美秀的山中或乡间你要是有机会独身闲逛时，那才是你福星高照的时候，那才是你实际领受，亲口尝味，自由与自在的时候，那才是你肉体与灵魂行动一致的时候；朋友们，我们多长一岁年纪往往只是加重我们头上的枷，加紧我们脚胫上的链，我们见小孩子在草里在沙堆里在浅水里打滚作乐，或是看见小猫追他自己的尾巴，何尝没有羡慕的时候，但我们的枷，我们的链永远是制定我们行动的上

① 今译“吉卜赛人”。

司！所以只有你单身奔赴大自然的怀抱时，像一个裸体的小孩扑入他母亲的怀抱时，你才知道灵魂的愉快是怎样的，单是活着的快乐是怎样的，单就呼吸单就走道单就张眼看耸耳听的幸福是怎样的。因此你得严格的为己，极端的自私，只许你，体魄与性灵，与自然同在一个脉搏里跳动，同在一个音波里起伏，同在一个神奇的宇宙里自得。我们浑朴的天真是像含羞草似的娇柔，一经同伴的抵触，他就卷了起来，但在澄静的日光下，和风中，他的姿态是自然的，他的生活是无阻碍的。

你一个人漫游的时候，你就会在青草里坐地仰卧，甚至有时打滚，因为草的和暖的颜色自然的唤起你童稚的活泼；在静僻的道上你就会不自主的狂舞，看着你自己的身影幻出种种诡异的变相，因为道旁树木的阴影在他们纡徐的婆娑里暗示你舞蹈的快乐；你也会得信口的歌唱，偶尔记起断片的音调，与你自己随口的小曲，因为树林中的莺燕告诉你春光是应得赞美的；更不必说你的胸襟自然会跟着漫长的山径开拓，你的心地会看着澄蓝的天空静定，你的思想和着山壑间的水声，山罅里的泉响，有时一澄到底的清澈，有时激起成章的波动，流，流，流入凉爽的橄榄林中，流入妩媚的阿诺河去……

并且你不但不须应伴，每逢这样的游行，你也不必带书。书是理想的伴侣，但你应得带书，是在火车上，在你住处的客室里，不是在你独身漫步的时候。什么伟大的深沉的鼓舞的清明的优美的思想的根源不是可以在风籁中，云彩里，山势与地形的起伏里，花草的颜色与香息里寻得？自然是最伟大的一部书，葛德①说，在他每一页的字句里我们读得最深奥的消息。并且这书上的文字是人人懂得的；阿尔帕斯与五老峰，雪西里与普陀山，莱茵河与扬子江，梨梦湖②与西子湖，建兰与琼花，杭州西溪的芦雪与威尼市夕照的红潮，百灵与夜莺，更不提一般黄的黄麦，一般紫的紫藤，一般青的青草同在大地上生长，同在和风中波动——他们应用的符号是永远一致的，他们的意义是永远明显的，只要你自己性灵上不长疮瘢，眼不盲，耳不塞，这无形迹的最高等教育便永远是你的名分，这不取费的最珍贵的补剂便永远供你的受用；只要你认识了这一部书，你在这世界上寂寞时便不寂寞，穷困时不穷困，苦恼时有安慰，挫折时有鼓励，软弱时有督责，迷失时有南针。

十四年③七月

① 今译“歌德”（1749—1832），约翰·沃尔夫冈·冯·歌德，德国诗人、剧作家、思想家。

② 今译“莱芒湖”，又称“日内瓦湖”。

③ 民国十四年，即1925年。

北戴河海滨的幻想

徐志摩

他们都到海边去了。我为左眼发炎不曾去。我独坐在前廊，偎坐在一张安适的大椅内，袒着胸怀，赤着脚，一头的散发，不时有风来撩拂。清晨的晴爽，不曾消醒我初起时睡态；但梦思却半被晓风吹断。我阖紧眼帘内视，只见一斑斑消残的颜色，一似晚霞的余赭，留恋地胶附在天边。廊前的马樱、紫荆、藤萝，青翠的叶与鲜红的花，都将他们的妙影映印在水汀上，幻出幽媚的情态无数；我的臂上与胸前，亦满缀了绿荫的斜纹。从树荫的间隙平望，正见海湾：海波亦似被晨曦唤醒，黄蓝相间的波光，在欣然的舞蹈。滩边不时见白涛涌起，迸射着雪样的水花。浴线内点点的小舟与浴客，水禽似的浮着；幼童的欢叫，与水波拍岸声，与潜涛呜咽声，相间的起伏，竞报一滩的生趣与乐意。但我独坐的廊前，却只是静静的，静静的无甚声响。妩媚的马樱，只是幽幽的微辗着，蝇虫也敛翅不飞。只有远近树里的秋蝉在纺纱似的缍引他们不尽的长吟。

在这不尽的长吟中，我独坐在冥想。难得是寂寞的环境，难得是静定的意境；寂寞中有不可言传的和谐，静默中有无限的创造。我的心灵，比如海滨，生平初度的怒潮，已经渐次的消翳，只剩有疏松的海砂中偶尔的回响，更有残缺的贝壳，反映星月的辉芒。此时摸索潮余的斑痕，追想当时汹涌的情景，是梦或是真，再亦不须辨问，只此眉梢的轻皱，唇边的微哂，已足解释无穷奥绪，深深的蕴伏在灵魂的微纤之中。

青年永远趋向反叛，爱好冒险；永远如初度航海者，幻想黄金机缘于浩渺的烟波之外；想割断系岸的缆绳，扯起风帆，欣欣的投入无垠的怀抱。他厌恶的是平安，自喜的是放纵与豪迈。无颜色的生涯，是他目中的荆棘；绝海与凶巇，是他爱自由的途径。他爱折玫瑰：为她的色香，亦为她冷酷的刺毒。他爱搏狂澜：为他的庄严与伟大，亦为他吞噬一切的天才，最是激发他探险与好奇的动机。他崇拜冲动：不可测，不可节，不可预逆，起，动，消歇皆在无形中，狂飙似的倏忽与猛烈与神秘。他崇拜斗争：从斗争中求剧烈的生命之意义，从斗争中求绝对的实在，在血染的战阵中，呼叫胜利之狂欢或歌败丧的哀曲。

幻象消灭是人生里命定的悲剧；青年的幻灭，更是悲剧中的悲剧，夜一般的沉黑，死一般的凶恶。纯粹的，猖狂的热情之火，不同阿拉亭[1]的神灯，只能放射一时的异彩，不能永久的朗照；转瞬间，或许，便已敛熄了最后的焰舌，只留存有限的余烬与残灰，在未灭的余温里自伤与自慰。

流水之光，星之光，露珠之光，电之光，在青年的妙目中闪耀，我们不能不惊讶造化者艺术之神奇；然可怖的黑影，倦与衰与饱餍的黑影，同时亦紧紧的跟着时日进行，仿佛是烦恼、痛苦、失败，或庸俗的尾曳，亦在转瞬间，彗星似的扫灭了我们最自傲的神辉——流水涸，明星没，露珠散灭，电闪不再！

在这艳丽的日辉中，只见愉悦与欢舞与生趣，希望，闪烁的希望，在荡漾，在无穷的碧空中，在绿叶的光泽里，在虫鸟的歌吟中，在青草的摇曳中——夏之荣华，春之成功。春光与希望，是长驻的；自然与人生，是调谐的。

在远处有福的山谷内，莲馨花在坡前微笑，稚羊在乱石间跳跃，牧童们，有的吹着芦笛，有的平卧在草地上，仰看变幻的浮游的白云，放射下的青影在初黄的稻田中缥缈地移过。在远处安乐的村中，有妙龄的村姑，在流涧边照映她自制的春裙；口衔烟斗的农夫三四，在预度秋收的丰盈，老妇人们坐在

---

① 今译“阿拉丁”，即阿拉伯民间故事集《一千零一夜》中的人物，能满足人一切愿望的神灯的所有者。

家门外阳光中取暖，她们的周围有不少的儿童，手擎着黄白的钱花在环舞与欢呼。

在远——远处的人间，有无限的平安与快乐，无限的春光……

在此暂时可以忘却无数的落蕊与残红；亦可以忘却花荫中掉下的枯叶，私语地预告三秋的情意；亦可以忘却苦恼的僵瘪的人间，阳光与雨露的殷勤，不能再恢复他们腮颊上生命的微笑；亦可以忘却纷争的互杀的人间，阳光与雨露的仁慈，不能感化他们凶恶的兽性；亦可以忘却庸俗的卑琐的人间，行云与朝露的丰姿，不能引逗他们刹那间的凝视；亦可以忘却自觉的失望的人间，绚烂的春时与媚草，只能反激他们悲伤的意绪。

我亦可以暂时忘却我自身的种种；忘却我童年期清风白水似的天真；忘却我少年期种种虚荣的希冀；忘却我渐次的生命的觉悟；忘却我热烈的理想的寻求；忘却我心灵中乐观与悲观的斗争；忘却我攀登文艺高峰的艰辛；忘却刹那的启示与彻悟之神奇；忘却我生命潮流之骤转；忘却我陷落在危险的旋涡中之幸与不幸；忘却我追忆不完全的梦境；忘却我大海底里埋着的秘密；忘却曾经刳割我灵魂的利刃，炮烙我灵魂的烈焰，摧毁我灵魂的狂飙与暴雨；忘却我的深刻的怨与艾；忘却我的冀与愿；忘却我的恩泽与惠感；忘却我的过去与现在……

过去的实在，渐渐的膨胀，渐渐的模糊，渐渐的不可辨认；现在的实在，渐渐的收缩，逼成了意识的一线，细极狭极的一线，又裂成了无数不相连续的黑点……黑点亦渐次的隐翳？幻术似的灭了，灭了，一个可怕的黑暗的空虚……

天山行色 | 汪曾祺

行色匆匆。

——常语

南山塔松

所谓南山者，是一片塔松林。

乌鲁木齐附近，可游之处有二，一为南山，一为天池。凡到乌鲁木齐者，无不往。

南山是天山的边缘，还不是腹地。南山是牧区。汽车渐入南山境，已经看到牧区景象。两旁的山起伏连绵，山势皆平缓，望之浑然，遍山长着茸茸的细草。去年雪不大，草很短。老远地就看到山间错错落落，一丛一丛的塔松，黑黑的。

汽车路尽，舍车从山涧两边的石径向上走，进入松林深处。

塔松极干净，叶片片片如新拭，无一枯枝，颜色蓝绿。空气也极干净。我们借草倚树吃西瓜，起身时衣裤上都沾了松脂。

新疆雨量很少，空气很干燥，南山雨稍多，本地人说："一块帽子大的云也能下一阵雨。"然而也不过只是帽子大的云的那么一点雨耳，南山也还是干燥的。然而一棵一棵塔松密密地长起来了，就靠了去年的雪和那么一点雨。塔松林中草很丰盛，花很多，树下可以捡到蘑菇。蘑菇大如掌，洁白细嫩。

塔松带来了湿润，带来了一片雨意。

树是雨。

南山之胜处为杨树沟、菊花台，皆未往。

天池雪水

一位维吾尔族的青年油画家（他看来很有才气）告诉我，天池是不能画的，太蓝，太绿，画出来像是假的。

天池在博格达雪山下。博格达山终年用它的晶莹洁白吸引着乌鲁木齐人的眼睛。博格达是乌鲁木齐的标志，乌鲁木齐的许多轻工业产品都用博格达山做商标。

汽车出乌鲁木齐，驰过荒凉苍茫的戈壁滩，驰向天池。我恍惚觉得不是身在新疆，而是在南方的什么地方。庄稼长得非常壮大茁实，油绿油绿的，看了教人身心舒畅。路旁的房屋也都干净整齐。行人的气色也很好，全都显出欣慰而满足。黄发垂髫，并怡然自得。有一个地方，一片极大的坪场，长了一片极大的榆树林。榆树皆数百年物，有些得两三个人才抱得过来。树皆健旺，无衰老态。树下悠然地走着牛犊。新疆山风化层厚，少露石骨。有一处，悬崖壁立，石骨尽露，石质坚硬而有光泽，黑如精铁，石缝间长出大树，树荫下覆，纤藤细草，蒙翳披纷，石壁下是一条湍急而清亮的河水……这不像是新疆，好像是四川的峨眉山。

到小天池（谁编出来的，说这是王母娘娘洗脚的地方，真是煞风景！）少憩，在崖下池边站了一会，赶快就上来了：水边凉气逼人。

到了天池，嗬！那位维吾尔族画家说得真是不错。有人脱口说了一句："春水碧于蓝。"

天池的水，碧蓝碧蓝的。上面，稍远处，是雪白的雪山。对面的山上密密匝匝地布满了塔松——塔松即云杉。长得非常整齐，一排一排地，一棵一棵挨着，依山而上，显得是人工布置的。池水极平静，塔松、雪山和天上的云影倒映在池水当中，一丝不爽。我觉得这不像在中国，好像是在瑞士的风景明信片上见过的景色。

或说天池是火山口——中国的好些天池都是火山口，自春至夏，博格达山积雪融化，流注其中，终年盈满，水深不可测。天池雪水流下山，流域颇广。凡雪水流经处，皆草木华滋，人畜两旺。

作《天池雪水歌》：

明月照天山，
雪峰淡淡蓝。
春暖雪化水流澌，
流入深谷为天池。
天池水如孔雀绿，
水中森森万松覆。
有时倒映雪山影，
雪山倒影明如玉。
天池雪水下山来，
快笑高歌不复回。
下山水如蓝玛瑙，
卷沫喷花斗奇巧。
雪水流处长榆树，
风吹白杨绿火炬。

雪水流处有人家，
白白红红大丽花。
雪水流处小麦熟，
新面打馕烤羊肉。
雪水流经山北麓，
长宜子孙聚国族。
天池雪水深几许？
储量恰当一年雨。
我从燕山向天山，
曾度苍茫戈壁滩。
万里西来终不悔，
待饮天池一杯水。

天 山

天山大气磅礴，大刀阔斧。

一个国画家到新疆来画天山，可以说是毫无办法。所有一切皴法，大小斧劈、披麻、解索、牛毛、豆瓣，统统用不上。天山风化层很厚，石骨深藏在沙砾泥土之中，表面平平浑浑，不见棱角。一个大山头，只有阴阳明暗几个面，没有任何琐碎的笔触。

天山无奇峰，无陡壁悬崖，无流泉瀑布，无亭台楼阁，而且没有一棵树——树都在“山里”。画国画者以树为山之目，天山无树，就是一大片一大片紫褐色的光秃秃的裸露的干山，国画家没了辙了！

自乌鲁木齐至伊犁，无处不见天山。天山绵延不绝，无尽无休，其长不知几千里也。

天山是雄伟的。

早发乌苏望天山

苍苍浮紫气，
天山真雄伟。
陵谷分阴阳，
不假皴擦美。
初阳照积雪，
色如胭脂水。

往霍尔果斯途中望天山

天山在天上，
没在白云间。

色与云相似，

微露数峰巅。

只从蓝襞褶，

遥知这是山。

伊犁闻鸠

到伊犁，行装甫卸，正洗着脸，听见斑鸠叫：

“鹁鸪鸪——咕，

“鹁鸪鸪——咕……”

这引动了我的一点乡情。

我有很多年没有听见斑鸠叫了。

我的家乡是有很多斑鸠的。我家的荒废的后园的一棵树上，住着一对斑鸠。“天将雨，鸠唤妇”，到了浓阴将雨的天气，就听见斑鸠叫，叫得很急切：

“鹁鸪鸪，鹁鸪鸪，鹁鸪鸪……”

斑鸠在叫他的媳妇哩。

到了积雨将晴，又听见斑鸠叫，叫得很懒散：

“鹁鸪鸪，——咕！”

“鹁鸪鸪，——咕！”

单声叫雨，双声叫晴。这是双声，是斑鸠的媳妇回来啦。“——咕”，这是媳妇在应答。

是不是这样呢？我一直没有踏着挂着雨珠的青草去循声观察过。然而凭着鸠声的单双以占阴晴，似乎很灵验。我小时常常在将雨或将晴的天气里，谛听着鸣鸠，心里又快乐又忧愁，凄凄凉凉的，凄凉得那么甜美。

我的童年的鸠声啊。

昆明似乎应该有斑鸠，然而我没有听鸠的印象。

上海没有斑鸠。

我在北京住了多年，没有听过斑鸠叫。

张家口没有斑鸠。

我在伊犁，在祖国的西北边疆，听见斑鸠叫了。

“鹁鸪鸪，——咕！”

“鹁鸪鸪，——咕！”

伊犁的鸠声似乎比我的故乡的要低沉一些，苍老一些。

有鸠声处，必多雨，且多大树。鸣鸠多藏于深树间。伊犁多雨。伊犁在全新疆是少有的雨多的地方。伊犁的树很多。我所住的伊犁宾馆，原是苏联领事馆，大树很多，青皮杨多合抱者。

伊犁很美。

洪亮吉《伊犁纪事诗》云：

鹁鸪啼处却东风，
宛与江南气候同。

注意到伊犁的鸠声的，不是我一个人。

伊犁河

人间无水不朝东，伊犁河水向西流。

河水颜色灰白，流势不甚急，不紧不慢，荡荡洄洄，似若有所依恋。河下游，流入苏联境。

在河边小作盘桓。使我惊喜的是河边长满我所熟悉的水乡的植物：芦苇、蒲草。蒲草甚高，高过人头。洪亮吉《天山客话》记云：“惠远城关帝庙后，颇有池台之胜，池中积蒲盈顷，游鱼百尾，蛙声间之。”伊犁河岸之生长蒲草，是古已有之的事了。蒲苇旁边，摇动着一串一串殷红的水蓼花，俨然江南秋色。

蹲在伊犁河边捡小石子，起身时发觉腿上脚上有几个地方奇痒，伊犁有蚊子！乌鲁木齐没有蚊子，新疆很多地方没有蚊子，伊犁有蚊子，因为伊犁水多。水多是好事，咬两下也值得。自来新疆，我才更深切地体会到水对于人的生活的重要性。

几乎每个人看到戈壁滩，都要发出这样的感慨：这么大的地，要是有水，能长多少粮食啊！

伊犁河北岸为惠远城。这是“总统伊犁一带”的伊犁将军的驻地，也是获罪的“废员”充军的地方。充军到伊犁，具体地说，就是到惠远。伊犁是个大地名。

惠远有新老两座城。老城建于乾隆二十七年①，后来伊犁河水冲溃，废。光绪八年②，于旧城西北郊十五里处建新城。

我们到新城看了看。城是土城——新疆的城都是土城，黄土版筑而成，颇简陋，想见是草草营建的。光绪年间，清廷的国力已经很不行了。将军府遗址尚在，房屋已经翻盖过，但大体规模还看得出来。照例是个大衙门的派头，大堂、二堂、花厅，还有个供将军下棋饮酒的亭子。两侧各有一溜耳房，这便是“废员”们办事的地方。将军府下设六个处，“废员”们都须分发在各处效力。现在的房屋有些地方还保留当初的材料。木

---

① 即1762年。

② 即1882年。

料都不甚粗大，有的地方还看得到当初的彩画遗迹，都很粗率。

新城没有多少看头，使人感慨兴亡、早生华发的是老城。

旧城的规模是不小的。城墙高一丈四，城周九里。这里有将军府，有兵营，有“废员”们的寓处，街巷市里，房屋栉比。也还有茶坊酒肆，有“却卖鲜鱼饲花鸭”“铜盘炙得花猪好”的南北名厨。也有可供登临眺望，诗酒流连的去处。“城南有望河楼，面伊江，为一方之胜”，城西有半亩宫，城北一片高大的松林。到了重阳，归家亭子的菊花开得正好，不妨开宴。惠远是个“废员”“谪宦”“迁客”的城市。“自巡抚以下至簿尉，亦无官不具，又可知伊犁迁客之多矣。”从上引洪亮吉的诗文，可以看到这些迁客下放到这里，倒是颇不寂寞的。

伊犁河那年发的那场大水，是很不小的。大水把整个城全扫掉了。惠远城的城基是很高的，但是城西大部分已经塌陷，变成和伊犁河岸一般平的草滩了。草滩上的草很好，碧绿的，有牛羊在随意啃啮。城西北的城基犹在，人们常常可以在废墟中捡到陶瓷碎片，辨认花纹字迹。

城的东半部的遗址还在。城里的市街都已犁为耕地，种了庄稼。东北城墙，犹余半壁。城墙虽是土筑的，但很结实，厚约三尺。稍远，右侧，有一土墩，是鼓楼残迹，那应该是城的中心。林则徐就住在附近。

据记载：鼓楼前方第二巷，又名宽巷，是林的住处。我不禁向那个地方多看了几眼。林公则徐，您就是住在那里的呀？

伊犁一带关于林则徐的传说很多。有的不一定可靠。比如现在还在使用的惠远渠，又名皇渠，传说是林所修筑，有人就认为这不可信：林则徐在伊犁只有两年，这样一条大渠，按当时的条件，两年是修不起来的。但是林则徐之致力新疆水利，是不能否定的（林则徐分发在粮饷处，工作很清闲，每月只须到职一次，本不管水利）。林有诗云："要荒天遣作箕子，此语足壮羁臣羁。"看来他虽在迁谪之中，还是壮怀激烈，毫不颓唐的。他还是想有所作为，为百姓做一点好事，并不像许多废员，成天只是"种树养花，读书静坐"（洪亮吉语）。林则徐离开伊犁时有诗云："格登山色伊江水，回首依依勒马看。"他对伊犁是有感情的。

惠远城东的一个村边，有四棵大青㭎树。传说是林则徐手植的。这大概也是附会。林则徐为什么会跑到这样一个村边来种四棵树呢？不过，人们愿意相信，就让他相信吧。

这样一个人，是值得大家怀念的。

据洪亮吉《客话》云：废员例当佩长刀，穿普通士兵的制服——短后衣。林则徐在伊犁日，亦当如此。

伊犁河南岸是察布查尔。这是一个锡伯族自治县。锡伯族人善射，乾隆年间，为了戍边，把他们由东北的呼伦贝尔迁调来此。来的时候，戍卒一千人，连同家属和愿意一同跟上来的亲友，共五千人，路上走了一年多。——原定三年，提前赶到了。朝廷发下的差旅银子是一总包给领队人的，提前到，领队可以白得若干。一路上，这支队伍生下了三百个孩子！

这是一支多么壮观的，富于浪漫主义色彩，充满人情气味的队伍啊。五千人，一个民族，男男女女，锅碗瓢盆，全部家当，骑着马，骑着骆驼，乘着马车、牛车，浩浩荡荡，迤迤逦逦，告别东北的大草原，朝着西北大戈壁，出发了。落日，朝雾，启明星，北斗星。搭帐篷，饮牲口，宿营。火光，炊烟，茯茶，奶子。歌声，谈笑声。哪一个帐篷或车篷里传出一声啼哭，“呱——”又一个孩子出生了，一个小锡伯族人，一个未来的武士。

一年多。

三百个孩子。

锡伯族人是骄傲的。他们在这里驻防二百多年，没有后退过一步。没有一个人跑过边界，也没有一个人逃回东北，他们在这片土地扎下了深根。

锡伯族到现在还是善射的民族。他们的选手还时常在各地举行的射箭比赛中夺标。

锡伯族人是很聪明的，他们一般都会说几种语言，除了锡伯语，还会说维吾尔语、哈萨克语、汉语。他们不少人还能认古满文。在故宫翻译、整理满文老档的，有几个是从察布查尔调去的。

英雄的民族！

雨晴，自伊犁往尼勒克车中望乌孙山

一痕界破地天间，
浅绛依稀暗暗蓝。
夹道白杨无尽绿，
殷红数点女郎衫。

尼勒克

站在尼勒克街上，好像一步可登乌孙山。乌孙故国在伊犁河上游特克斯河流域，尼勒克或当是其辖境。细君公主、解忧公主远嫁乌孙，不知有没有到过这里。汉代女外交家冯嫽夫人是个活跃人物，她的锦车可能是从这里走过的。

尼勒克地方很小，但是境内现有十三个民族。新疆的十三

个民族，这里全有。喀什河从城外流过，水清如碧玉，流甚急。

山形依旧乌孙国，
公主琵琶尚有声。
至今团聚十三族，
不尽长河绕故城。

唐巴拉牧场

在乌鲁木齐，在伊犁，接待我们的同志，都劝我们到唐巴拉牧场去看看，说是唐巴拉很美。

唐巴拉果然很美。但是美在哪里，又说不出。勉强要说，只好说：这儿的草真好！

喀什河经过唐巴拉，流着一河碧玉。唐巴拉多雨。由尼勒克往唐巴拉，汽车一天到不了，在卡提布拉克种蜂场住了一夜。那一夜就下了一夜大雨。有河，雨水足，所以草好。这是一个绿色的王国，所有的山头都是碧绿的。绿山上，这里那里，有小牛在慢悠悠地吃草。唐巴拉是高山牧场，牲口都散放在山上，尽它自己漫山瞎跑，放牧人不用管它，只要隔两三天骑着马去看看，不像内蒙古，牲口放在平坦的草原上。真绿，空气真新鲜，真安静——一点声音都没有。

我们来晚了。早一个多月来，这里到处是花。种蜂场设在这里，就是因为这里花多。这里的花很多是药材，党参、贝母……蜜蜂场出的蜂蜜能治气管炎。

有的山是杉山。山很高，满山满山长了密匝匝的云杉。云杉极高大。这里的云杉据说已经砍伐了三分之二，现在看起来还很多。招待我们的一个哈萨克族牧民告诉我们：林业局有规定，四百年以上的，可以砍；四百年以下的，不许砍。云杉长得很慢。他用手指比了比碗口粗细："一百年，才这个样子！"

到牧场，总要喝喝马奶子，吃吃手抓羊肉。

马奶子微酸，有点像格瓦斯，我在内蒙古喝过，不难喝，但也不觉得怎么好喝。哈萨克族人可是非常爱喝。他们一到夏天，就高兴了：可以喝"白的"了。大概他们冬天只能喝砖茶，是黑的。马奶子要夏天才有，要等母马下了驹子，冬天没有。一个才会走路的男娃子，老是哭闹。给他糖，给他苹果，都不要，摔了。他妈给他倒了半碗马奶子，他巴呷巴呷地喝起来，安静了。

招待我们的哈萨克族牧人的孩子把一群羊赶下山了。我们看到两个男人把羊一只一只周身揣过，特别用力地揣它的屁股蛋子。我们明白，这是揣羊的肥瘦（羊们一定不明白，主人这样揣它是干什么），揣了一只，拍它一下，放掉了；又重捉过一只来，反复地揣。看得出，他们为我们选了一只最肥的羊羔。

哈萨克族吃羊肉和内蒙古不同，内蒙古是各人攥了一大块肉，自己用刀子割了吃。哈萨克族是：一个大瓷盘子，下面衬着煮烂的面条，上面覆盖着羊肉，主人用刀把肉割成碎块，大家连肉带面抓起来，送进嘴里。

好吃吗？

好吃！

吃肉之前，由一个孩子提了一壶水，注水遍请客人洗手，这风俗近似阿拉伯、土耳其。

“唐巴拉”是什么意思呢？哈萨克族主人说：听老人说，这是蒙古话。从前山下有一片大树林子，内蒙古人每年来收购牲畜，在树上烙了好些印子（印子本是烙牲口的），作为做买卖的标志。“唐巴拉”是印子的意思。他说：也说不准。

赛里木湖·果子沟

乌鲁木齐人交口称道赛里木湖、果子沟。他们说赛里木湖水很蓝；果子沟要是春天去，满山都是野苹果花。我们从乌鲁木齐往伊犁，一路上就期待着看看这两个地方。

车出芦草沟，迎面的天色沉了下来，前面已经在下雨。到赛里木湖，雨下得正大。

赛里木湖的水不是蓝的呀。我们看到的湖水是铁灰色的。风雨交加，湖里浪很大。灰黑色的巨浪，一浪接着一浪，扑面涌来。撞碎在岸边，溅起白沫。这不像是湖，像是海。荒凉的，没有人迹的，冷酷的海。没有船，没有飞鸟。赛里木湖使人觉得很神秘，甚至恐怖。赛里木湖是超人性的。它没有人的气息。

湖边很冷，不可久留。

林则徐一八四二年（距今整一百四十年）十一月五日，曾过赛里木湖。林则徐日记云："土人云：海中有神物如青羊，不可见，见则雨雹。其水亦不可饮，饮则手足疲软，谅是雪水性寒故耳。"林则徐是了解赛里木湖的性格的。

到伊犁，和伊犁的同志谈起我们见到的赛里木湖，他们都有些惊讶，说："真还很少有人在大风雨中过赛里木湖。"

赛里木湖正南，即果子沟。车到果子沟，雨停了。我们来得不是时候，没有看到满山密雪一样的林檎的繁花，但是果子沟给我留下一个非常美的印象。

吉普车在山顶的公路上慢行着，公路一侧的下面是重重复复的山头和深浅不一的山谷。山和谷都是绿的，但绿得不一样。浅黄的、浅绿的、深绿的。每一个山头和山谷多是一种绿法。大抵越是低处，颜色越浅；越往上，越深。新雨初晴，日色斜照，细草丰茸，光泽柔和，在深深浅浅的绿山绿谷中，星星点点地散牧着白羊、黄犊、枣红的马，十分悠闲安静。迎面陡峭的高山上，密密地矗立着高大的云杉。一缕一缕白云从黑色的云杉间飞出。这是一个仙境。我到过很多地方，从来没有觉得什么地方是仙境。到了这儿，我蓦然想起这两个字。我觉得这里该出现一个小小的仙女，穿着雪白的纱衣，披散着头发，手里拿一根细长的牧羊杖，赤着脚，唱着歌，歌声悠远，回绕在山谷之间……

从伊犁返回乌鲁木齐，重过果子沟。果子沟不是来时那样了。草、树、山，都有点发干，没有了那点灵气。我不复再觉得这是一个仙境了。旅游，也要碰运气。我们在大风雨中过赛里木，雨后看果子沟，皆可遇而不可求。

汽车转过一个山头，一车的人都叫了起来："哈！"赛里木湖，真蓝！好像赛里木湖故意设置了一个山头，挡住人的视线。绕过这个山头，它就像从天上掉下来的似的，突然出现了。

真蓝！下车待了一会，我心里一直惊呼着：真蓝！

我见过不少蓝色的水。“春水碧于蓝”的西湖，“比似春莼碧不殊”的嘉陵江，还有最近看过的博格达雪山下的天池，都不似赛里木湖这样的蓝。蓝得奇怪，蓝得不近情理。蓝得就像绘画颜料里的普鲁士蓝，而且是没有化开的。湖面无风，水纹细如鱼鳞。天容云影，倒映其中，发宝石光。湖色略有深浅，然而一望皆蓝。

上了车，车沿湖岸走了二十分钟，我心里一直重复着这一句：真蓝。远看，像一湖纯蓝墨水。

赛里木湖究竟美不美？我简直说不上来。我只是觉得：真蓝。我顾不上有别的感觉，只有一个感觉——蓝。

为什么会这样蓝？有人说是因为水太深。据说赛里木湖水深至九十米。赛里木湖海拔二千零七十三米，水深九十米，真是不可思议。

“赛里木”是突厥语①，意思是祝福、平安。突厥的旅人到了这里，都要对着湖水，说一声：

“赛里木！”

为什么要说一声“赛里木”，是出于欣喜，还是出于敬畏？

赛里木湖是神秘的。

---

① 中国古代西北民族突厥使用的语言。

苏公塔

苏公塔在吐鲁番。吐鲁番地远，外省人很少到过，故不为人所知。苏公塔，塔也，但不是平常的塔。苏公塔是伊斯兰教的塔，不是佛塔。

据说，像苏公塔这样的结构的塔，中国共有两座，另一座在南京。

塔不分层。看不到石基木料。塔心是一砖砌的中心支柱。支柱周围有盘道，逐级盘旋而上，直至塔顶。外壳是一个巨大的圆柱，下丰上锐，拱顶。这个大圆柱是砖砌的，用结实的方砖砌出凹凸不同的中亚风格的几何图案，没有任何增饰。砖是青砖，外面涂了一层黄土，呈浅土黄色。这种黄土，本地所产，取之不尽，土质细腻，无杂质，富黏性。吐鲁番不下雨，塔上涂刷的土浆没有被冲刷的痕迹。二百余年，完好如新。塔高约相当于十层楼，朴素而不简陋，精巧而不繁琐。这样一个浅土黄色的、滚圆的巨柱，拔地而起，直向天空，安静肃穆，准确地表达了穆斯林的虔诚和信念。

塔旁为一礼拜寺，颇宏伟，大厅可容千人，但外表极朴素，土筑、平顶。这座礼拜寺的构思是费过斟酌的。不敢高，不与塔争势；不欲过卑，因为这是做礼拜的场所。整个建筑全由平行线和垂直线构成，无弧线，无波纹起伏，亦呈浅土黄色。

圆柱形的苏公塔和方正的礼拜寺造成极为鲜明的对比，而又非常协调。苏公塔追求的是单纯。

令人钦佩的是造塔的匠师把蓝天也设计了进去。单纯的，对比着而又协调着的浅土黄色的建筑，后面是吐鲁番盆地特有的明净无滓湛蓝湛蓝的天宇，真是太美了。没有蓝天，衬不出这种浅土黄色是多么美。一个有头脑的、聪明的匠师！

苏公塔亦称额敏塔。造塔的由来有两种说法。塔的进口处有一块碑，一半是汉字，一半是维吾尔文。汉字的说塔是额敏造的。额敏和硕，因助清高宗平定准噶尔有功，受封为郡王。碑文有感念清朝皇帝的意思，碑首冠以“大清乾隆”，自称“皇帝旧仆”。维吾尔文的则说这是额敏的长子苏来满造，为了向安拉祈福。不知道为什么会有这样两种不同的说法。由来不同，塔名亦异。

大戈壁·火焰山·葡萄沟

从乌鲁木齐到吐鲁番，要经过一片很大的戈壁滩。这是典型的大戈壁，寸草不生。没有任何生物。我经过别处的戈壁，总还有点芨芨草、梭梭、红柳，偶尔有一两棵曼陀罗开着白花，有几只像黑漆涂出来的乌鸦。这里什么都没有。没有飞鸟的影子，没有虫声，连苔藓的痕迹都没有。就是一片大平地，平极了。地面都是砾石。都差不多大，好像是筛选过的。有黑的、有白的。铺得很均匀。远看像铺了一地炉灰渣子。一望无际。真是荒凉。太古洪荒。真像是到了一个什么别的星球上。

我们的汽车以每小时八十公里的速度在平坦的柏油路上奔驰，我觉得汽车像一只快艇飞驶在海上。

戈壁上时常见到幻影，远看一片湖泊，清清楚楚。走近了，什么也没有。幻影曾经欺骗了很多干渴的旅人。幻影不难碰到，我们一路见到多次。

人怎么能通过这样的地方呢？他们为什么要通过这样的地方？他们要去干什么？

不能不想起张骞，想起班超，想起玄奘法师。这都是了不起的人……

快到吐鲁番了，已经看到坎儿井。坎儿井像一溜一溜巨大的蚁垤。下面，是暗渠，流着从天山引下来的雪水。这些大蚁垤是挖渠掏出的砾石堆。现在有了水泥管道，有些坎儿井已经废弃了，有些还在用着。总有一天，它们都会成为古迹的。但是不管到什么时候，看到这些巨大的蚁垤，想到人能够从这样的大戈壁下面，把水引了过来，还是会起历史的庄严感和悲壮感的。

到了吐鲁番，看到房屋、市街、树木，加上天气特殊的干热，人昏昏的，有点像做梦。有点不相信我们是从那样荒凉的戈壁滩上走过来的。

吐鲁番是一个著名的绿洲。绿洲是什么意思呢？我从小就在诗歌里知道绿洲，以为只是有水草树木的地方。而且既名为洲，想必很小。不对。绿洲很大。绿洲是人所居住的地方。绿洲意味着人的生活，人的勤劳，人的生老病死，喜怒哀乐，人的文明。

一出吐鲁番，南面便是火焰山。

又是戈壁。下面是苍茫的戈壁，前面是通红的火焰山。靠近火焰山时，发现戈壁上长了一丛丛翠绿翠绿的梭梭。这样一个无雨的、酷热的戈壁上怎么会长出梭梭来呢？而且是那样的绿！不知它是本来就是这样绿，还是通红的山把它衬得更绿了。大概在干旱的戈壁上，凡能发绿的植物，都罄其生命，拼命地绿。这一丛一丛的翠绿，是一声一声胜利的呼喊。

火焰山，前人记载，都说它颜色赤红如火。不止此也。整个山像一场正在延烧的大火。凡火之颜色、形态无不具。有些地方如火方炽，火苗高蹿，颜色正红。有些地方已经烧成白热，火头旋拧如波涛。有一处火头得了风，火借风势，呼啸而起，横扯成了一条很长的火带，颜色微黄。有几处，下面的小火为上面的大火所逼，带着烟沫气流，倒溢而出。有几个小山叉，褶缝间黑黑的，分明是残火将熄的烟炱……

火焰山真是一个奇观。

火焰山大概是风造成的，山的石质本是红的，表面风化，成为细细的红沙。风于是在这些疏松的沙土上雕镂搜剔，刻出了一场热热烘烘、刮刮杂杂的大火。风是个大手笔。

火焰山下极热，盛夏地表温度至七十多度。

火焰山下，大戈壁上，有一条山沟，长十余里，沟中有一条从天山流下来的河，河两岸，除了石榴、无花果、棉花、一般的庄稼，种的都是葡萄，是为葡萄沟。

葡萄沟里到处是晾葡萄干的荫房。——葡萄干是晾出来的，不是晒出来的。四方的土房子，四面都用土墼砌出透空的花墙。无核白葡萄就一长串一长串地挂在里面，尽吐鲁番特有的干燥的热风，把它吹上四十天，就成了葡萄干，运到北京、上海，还到国外。

吐鲁番的葡萄全国第一，各样品种无不极甜，而且皮很薄，入口即化。吐鲁番人吃葡萄都不吐皮，因为无皮可吐。——不但不吐皮，连核也一同吃下，他们认为葡萄核是好东西。北京绕口令曰："吃葡萄不吐葡萄皮儿。"未免少见多怪。

一九八二年九月二十二日起手写于兰州，
十月七日北京写讫

想飞

徐志摩

假如这时候窗子外有雪——街上，城墙上，屋脊上，都是雪，胡同口一家屋檐下偎着一个戴黑兜帽的巡警，半拢着睡眼，看棉团似的雪花在半空中跳着玩……假如这夜是一个深极了的啊，不是壁上挂钟的时针指示给我们看的深夜，这深就比是一个山洞的深，一个往下钻螺旋形的山洞的深……

假如我能有这样一个深夜，它那无底的阴森捻起我遍体的毫管；再能有窗子外不住往下筛的雪，筛淡了远近间扬动的市谣；筛泯了在泥道上挣扎的车轮；筛灭了脑壳中不妥协的潜流……

我要那深，我要那静。那在树荫浓密处躲着的夜鹰，轻易不敢在天光还在照亮时出来睁眼。思想：它也得等。

青天里有一点子黑的。正冲着太阳耀眼，望不真，你把手遮着眼，对着那两株树缝里瞧，黑的，有榧子来大，不，有桃子来大——嘿，又移着往西了！

我们吃了中饭出来到海边去。（这是英国康槐尔极南的一角，三面是大西洋。）勯丽丽的叫响从我们的脚底下匀匀的往上颤，齐着腰，到了肩高，过了头顶，高入了云，高出了云。啊！你能不能把一种急震的乐音想象成一阵光明的细雨，从蓝天里冲着这平铺着青绿的地面不住的下？不，那雨点都是跳舞的小脚，安琪儿的。云雀们也吃过了饭，离开了它们卑微的地巢飞往高处做工去。上帝给它们的工作，替上帝做的工作。瞧着，这儿一只，那边又起了两！一起就冲着天顶飞，小翅膀动活得多快活，圆圆的，不踌躇的飞，——它们就认识青天。一起就开口唱，小嗓子动活得多快活，一颗颗小精圆珠子直往外唾，亮亮的唾，脆脆的唾，——它们赞美的是青天。瞧着，这飞得多高，有豆子大，有芝麻大，黑刺刺的一屑，直顶着无底的天顶细细的摇，——这全看不见了，影子都没了！但这光明的细雨还是不住的下着……

飞。“其翼若垂天之云……背负青天而莫之夭阏者”；那不容易见着。我们镇上东关厢外有一座黄泥山，山顶上有一座七层的塔，塔尖顶着天。塔院里常常打钟，钟声响动时，那在太阳西晒的时候多，一枝艳艳的大红花贴在西山的鬓边回照着塔山上的云彩，——钟声响动时，绕着塔顶尖，摩着塔顶天，穿着塔顶云，有一只两只，有时三只四只有时五只六只蜷着爪往地面瞧的“饿老鹰”，撑开了它们灰苍苍的大翅膀没挂恋似的在盘旋，在半空中浮着，在晚风中泅着，仿佛是按着塔院钟的波荡来练习圆舞似的。那是我做孩子时的“大鹏”。有时好天抬头不见一瓣云的时候听着豸虎忧忧的叫响，我们就知道那是宝塔上的饿老鹰寻食吃来了，这一想象半天里秃顶圆睛的英雄，我们背上的小翅膀骨上就仿佛豁出了一锉锉铁刷似的羽毛，摇起来呼呼响的，只一摆就冲出了书房门，钻入了玳瑁镶边的白云里玩儿去，谁耐烦站在先生书桌前晃着身子背早上上的多难背的书！啊，飞！不是那在树枝上矮矮的跳着的麻雀儿的飞，不是那凑天黑从堂匾后背冲出来赶蚊子吃的蝙蝠的飞，也不是那软尾巴软嗓子做窠在堂檐上的燕子的飞。要飞就得满天飞，风拦不住云挡不住的飞，一翅膀就跳过一座山头，影子下来遮得阴二十亩稻田的飞，到天晚飞倦了就来绕着那塔顶尖顺着风向打圆圈做梦……听说饿老鹰会抓小鸡！

飞。人们原来都是会飞的。天使们有翅膀，会飞，我们初来时也有翅膀，会飞。我们最初来就是飞了来的，有的做完了事还是飞了去，他们是可羡慕的。但大多数人是忘了飞的，有的翅膀上掉了毛不长再也飞不起来，有的翅膀叫胶水给胶住了再也拉不开，有的羽毛叫人给修短了像鸽子似的只会在地上跳，有的拿背上一对翅膀上当铺去典钱使过了期再也赎不回……真的，我们一过了做孩子的日子就掉了飞的本领。但没了翅膀或是翅膀坏了不能用是一件可怕的事。因为你再也飞不回去，你蹲在地上呆望着飞不上去的天，看旁人有福气的一程一程的在青云里逍遥，那多可怜。而且翅膀又不比是你脚上的鞋，穿烂了可以再问妈要一双去，翅膀可不成，折了一根毛就是一根，没法给补的。还有，单顾着你翅膀也还不定规到时候能飞，你这身子要是不谨慎养太肥了，翅膀力量小再也拖不起，也是一样难不是？一对小翅膀驮不起一个胖肚子，那情形多可笑！到时候你听人家高声的招呼说，朋友，回去吧，趁这天还有紫色的光，你听他们的翅膀在半空中沙沙的摇响，朵朵的春云跳过来拥着他们的肩背，望着最光明的来处，翩翩的，冉冉的，轻烟似的化出了你的视域，像云雀似的只留下一泻光明的骤雨——“Thou art unseen，but yet I hear the shrill delight”[①]——那你，独自在泥涂里淹着，够多难受，够多懊恼，够多寒碜！趁早留神你的翅膀，朋友。

是人没有不想飞的，老是在这地面上爬着够多厌烦，不说别的。飞出这圈子，飞出这圈子！到云端里去，到云端里去！

---

① 出自珀西·比希·雪莱诗歌《致云雀》，此句译为“虽然不见形影，却可以听得清你那欢乐的强音”。

哪个心里不成天千百遍的这么想？飞上天空去浮着，看地球这弹丸在太空里滚着，从陆地看到海，从海再看回陆地。凌空去看一个明白——这才是做人的趣味，做人的权威，做人的交代。这皮囊要是太重挪不动，就掷了它，可能的话，飞出这圈子，飞出这圈子！

人类初发明用石器的时候，已经想长翅膀。想飞。猿人洞壁上画的四不像，它的背上掮着翅膀；拿着弓箭赶野兽的，他那肩背上也给安了翅膀。小爱神是有一对粉嫩的肉翅的。挨开拉斯[①]（Icarus）是人类飞行史里第一个英雄，第一次牺牲。安琪儿（那是理想化的人）第一个标记是帮助他们飞行的翅膀。那也有沿革——你看西洋画上的表现。最初像是一对小精致的令旗，蝴蝶似的粘在安琪儿们的背上，像真的，不灵动的。渐渐的翅膀长大了，地位安准了，毛羽丰满了。画图上的天使们长上了真的可能的翅膀。人类初次实现了翅膀的观念，彻悟了飞行的意义。挨开拉斯闪不死的灵魂，回来投生又投生。人类最大的使命，是制造翅膀；最大的成功是飞！理想的极度，想象的止境，从人到神！诗是翅膀上出世的，哲理是在空中盘旋

---

① 今译“伊卡洛斯”，古希腊神话中建筑师和雕刻家代达罗斯之子。与其父粘蜡翅双双飞离克里特岛，因忘记父亲嘱咐飞近太阳，蜡翅被阳光熔化，坠爱琴海而死。

的。飞：超脱一切，笼盖一切，扫荡一切，吞吐一切。

你上那边山峰顶上试去，要是度不到这边山峰上，你就得到这万丈的深渊里去找你的葬身地！“这人形的鸟会有一天试他第一次的飞行，给这世界惊骇，使所有的著作赞美，给他所从来的栖息处永久的光荣。”啊达文謇！

但是飞？自从挨开拉斯以来，人类的工作是制造翅膀，还是束缚翅膀？这翅膀，承上了文明的重量，还能飞吗？都是飞了来的，还都能飞了回去吗？钳住了，烙住了，压住了，——这人形的鸟会有试他第一次飞行的一天吗？……

同时天上那一点子黑的已经迫近在我的头顶，形成了一架鸟形的机器，忽的机沿一侧，一球光直往下注，砰的一声炸响，——炸碎了我在飞行中的幻想，青天里平添了几堆破碎的浮云。

第二章

清风拂明月，山海曾相逢

泰山顶上的云海，
巨万的云峰在晨光里静定着，
是美；
沧海万顷的波浪，
戴着各式的白帽，
在日光里动荡着，起落着，
是美……

春意挂上了树梢

萧红

三月花还没有开，人们嗅不到花香，只是马路上融化了积雪的泥泞干起来。天空打起朦胧的多有春意的云彩；暖风和轻纱一般浮动在街道上，院子里。春末了，关外的人们才知道春来。春是来了，街头的白杨树蹿着芽，拖马车的马冒着气，马车夫们的大毡靴也不见了，行人道上外国女人的脚又从长筒套鞋里显现出来。笑声，见面打招呼声，又复活在行人道上。商店为着快快的传播春天的感觉，橱窗里的花已经开了，草也绿了，那是布置着公园的夏景。我看得很凝神的时候，有人撞了我一下，是汪林，她也戴着那样小沿的帽子。

“天真暖啦！走路都有点热。”

看着她转过“商市街”，我们才来到另一家店铺，并不是买什么，只是看看，同时晒晒太阳。这样好的行人道，有树，也有椅子，坐在椅子上，把眼睛闭起，一切春的梦，春的谜，春的暖力……这一切把自己完全陷进去。听着，听着吧！春在歌唱……

“大爷，大奶奶……帮帮吧！……”这是什么歌呢，从背后来的？这不是春天的歌吧！

那个叫花子嘴里吃着个烂梨，一条腿和一只脚肿得把另一只显得好像不存在似的。“我的腿冻坏啦！大爷，帮帮吧！唉唉……！”

有谁还记得冬天？阳光这样暖了！街树蹿着芽！

手风琴在隔道唱起来，这也不是春天的调，只要一看那个瞎人为着拉琴而扭歪的头，就觉得很残忍。瞎人他摸不到春天，他没有。坏了腿的人，他走不到春天，他有腿也等于无腿。

世界上这一些不幸的人，存在着也等于不存在，倒不如赶早把他们消灭掉，免得在春天他们会唱这样难听的歌。

汪林在院心吸着一支烟卷，她又换一套衣裳。那是淡绿色的，和树枝发出的芽一样的颜色。她腋下夹着一封信，看见我们，赶忙把信送进衣袋去。

“大概又是情书吧！”郎华随便说着玩笑话。

她跑进屋去了。香烟的烟缕在门外打了一下旋卷才消灭。

夜，春夜，中央大街充满了音乐的夜。流浪人的音乐，日本舞场的音乐，外国饭店的音乐……七点钟以后。中央大街的中段，在一条横口，那个很响的扩音机哇哇的叫起来，这歌声差不多响彻全街。若站在商店的玻璃窗前，会疑心是从玻璃发着震响。一条完全在风雪里寂寞的大街，今天第一次又嚎叫起来。

外国人！绅士样的，流氓样的，老婆子，少女们，跑了满街……有的连起人排来封闭住商店的窗子，但这只限于年轻人。也有的同唱机一样唱起来，但这也只限于年轻人。这好像特有的年轻人的集会。他们和姑娘们一道说笑，和姑娘们连起排来走。中国人混在这些卷发人中间，少得只有七分之一，或八分之一。但是汪林在其中，我们又遇到她。她和另一个也和她同样打扮漂亮的、白脸的女人同走……卷发的人用俄国话说她漂亮。她也用俄国话和他们笑了一阵。

中央大街的南端，人渐渐稀疏了。

墙根，转角，都发现着哀哭，老头子，孩子，母亲们……哀哭着的是永久被人间遗弃的人们！那边，还望得见那边快乐的人群。还听得见那边快乐的声音。

三月，花还没有，人们嗅不到花香。

夜的街，树枝上嫩绿的芽子看不见，是冬天吧？是秋天吧？但快乐的人们，不问四季总是快乐；哀哭的人们，不问四季也总是哀哭！

春雨 ｜ 梁遇春

整天的春雨，接着是整天的春阴，这真是世上最愉快的事情了。我向来厌恶晴朗的日子，尤其是骄阳的春天；在这个悲惨的地球上忽然来了这么一个欣欢的气象，简直像无聊赖的主人宴饮生客时拿出来的那副古怪笑脸，完全显出宇宙里的白痴成分。在所谓大好的春光之下，人们都到公园大街或者名胜地方去招摇过市，像猩猩那样嘻嘻笑着，真是得意忘形，弄到变成为四不像了。可是阴霾四布或者急雨滂沱的时候，就是最沾沾自喜的财主也会感到苦闷，因此也略带了一些人的气味，不像好天气时候那样望着阳光，盛气凌人地大踏步走着，颇有上帝在上，我得其所的意思。至于懂得人世哀怨的人们，黯淡的日子可说是他们唯一光荣的时光。苍穹替他们流泪，乌云替他们皱眉，他们觉到四围都是同情的空气，仿佛一个堕落的女子躺在母亲怀中，看见慈母一滴滴的热泪溅到自己的泪痕，真是润遍了枯萎的心田。斗室中默坐着，忆念十载相违的密友，已经走去的情人，想起生平种种的坎坷，一身经历的苦楚，倾听窗外檐前凄清的滴沥，仰观波涛浪涌，似无止期的雨云，这时一切的荆棘都化作洁净的白莲花了，好比中古时代那班圣者被残杀后所显的神迹。“最难风雨故人来”，阴森森的天气使我们更感到人世温情的可爱，替从苦雨凄风中来的朋友倒上一杯热茶时候，我们很有放下屠刀，立地成佛子的心境。“风雨如晦，鸡鸣不已”，人类真是只有从悲哀里滚出来才能得到解脱，千锤百炼，腰间才有这一把明晃晃的钢刀，“今日把似君，谁为不平事”“山雨欲来风满楼”，这很可以象征我们孑立人间，尝尽辛酸，远望来日大难的气概，真好像思乡的客子拍着栏杆，看到郭外的牛羊，想起故里的田园，怀念着宿草新坟里当年的竹马之交，泪眼里仿佛模糊辨出龙钟的父老蹒跚走着，或者只瞧见几根靠在破壁上的拐杖的影子。所谓生活术恐怕就在于怎么样当这么一个临风的征人罢。无论是风雨横来，无论是澄江一练，始终好像惦记着一个花一般的家乡，那可说就是生平理想的结晶，蕴在心头的诗情，也就是明哲保身的最后壁垒了；可是同时还能够认清眼底的江山，把住自己的步骤，不管这个异地的人们是多么残酷，不管这个他乡的水土是多么不惯，却能够清瘦地站着，戛戛然好似狂风中的老树。能够忍受，却没有麻木，能够多情，却不流于感伤，仿佛楼前的春雨，悄悄下着，遮住耀目的阳光，却滋润了百草同千花。檐前的燕子躲在巢中，对着如丝如梦的细雨呢喃，真有点像也向我道出此中的消息。

可是春雨有时也凶猛得可以，风驰电掣，从高山倾泻下来也似的，万紫千红，都付诸流水，看起来好像是煞风景的，也许是别有怀抱罢。生平性急，一二知交常常焦急万分地苦口劝我，可是暗室扪心，自信绝不是追逐事功的人，不过对于纷纷扰扰的劳生却常感到厌倦，所谓性急无非是疲累的反响罢。有时我却极有耐心，好像废殿上的玻璃瓦，一任他风吹雨打，霜蚀日晒，总是那样子痴痴地望着空旷的青天。我又好像能够在没字碑面前坐下，慢慢地去冥想这块石板的深意，简直是个蒲团已碎，呆然趺坐着的老僧。想赶快将世事了结，可以抽身到紫竹林中去逍遥，跟把世事撇在一边，大隐隐于市，就站在热闹场中来仰观天上的白云，这两种心境原来是不相矛盾的。我虽然还没有，而且绝不会跳出人海的波澜，但是拳拳之意自己也略知一二，大概摆动于焦躁与倦怠之间，总以无可奈何天为中心罢。所以我虽然爱蒙蒙茸茸的细雨，我也爱大刀阔斧的急雨，纷至沓来，洗去阳光，同时也洗去云雾，使我们想起也许此后永无风恬日美的光阴了，也许老是一阵一阵的暴雨，将人世哀乐的踪迹都漂到大海里去，白浪一翻，什么渣滓也看不出了。焦躁同倦怠的心境在此都得到涅槃的妙悟，整个世界就像客走后，撇下筵席洗得顶干净，排在厨房架子上的杯盘。当个主妇的创造主看着大概也会微笑罢，觉得一天的工作总算告终了。最少我常常臆想这个还了本来面目的大地。

可是最妙的境界恐怕是尺牍里面那句滥调，所谓“春雨缠绵”罢。一连下了十几天的梅雨，好像再也不会晴了，可是时时刻刻都有晴朗的可能。有时天上现出一大片的澄蓝，雨脚也慢慢收束了，忽然间又重新点滴凄清起来，那种捉摸不到，万分别扭的神情真可以做这个哑谜一般的人生的象征。记得十几年前每当连朝春雨的时候，常常剪纸作和尚形状，把他倒贴在水缸旁边，意思是叫老天不要再下雨了，虽然看到院子里雨脚下一粒一粒新生的水泡我总觉到无限的欣欢，尤其当急急走过檐前，脖子上溅几滴雨水的时候。可是那时我对于春雨的情趣是不知不觉之间领略到的，并没有凝神去寻找，等到知道怎么样去欣赏恬适的雨声时候，我却老在干燥的此地做客，单是夏天回去，看看无聊的骤雨，过一过雨瘾罢了。因此“小楼一夜听春雨”的快乐当面错过，从我指尖上滑走了。盛年时候好梦无多，到现在彩云已散，一片白茫茫，生活不着边际，如堕五里雾中，对于春雨的怅惘只好算作内中的一小节罢，可是仿佛这一点很可以代表我整个的悲哀情绪。但是我始终喜欢冥想春雨，也许因为我对于自己的愁绪很有顾惜爱抚的意思；我常常把陶诗改过来，向自己说道：“衣沾不足惜，但愿恨无违。”我会爱凝恨也似的缠绵春雨，大概也因为自己有这种的心境罢。

西湖记（节选）

徐志摩

十月二十一日

昨下午自硤到此，与适之经农同寓，此来为“做工”，此来为“寻快活”。

昨在火车中，看了一个小沄做的《龙女》的故事，颇激动我的想象。

经农方才又说，日子过得太快了，我说日子只是过得太慢，比如看书一样，乏味的页子，尽可以随便翻他过去——但是到什么时候才翻得到不乏味的页子呢？

我们第一天游湖，逛了湖心亭——湖心亭看晚霞看湖光是湖上少人注意的一个精品——看初华的芦荻，楼外楼吃蟹，曹女士贪看柳梢头的月，我们把桌子移到窗口，这才是持螯看月了！夕阳里的湖心亭，妙；月光下的湖心亭，更妙。晚霞里的芦雪是金色，月下的芦雪是银色。莫泊桑有一段故事，叫作In

The Moonlight，白天适之翻给我看，描写月光激动人的柔情的魔力，那个可怜的牧师，永远想不通这个矛盾：“既然上帝造黑夜来让我们安眠，这样绝美的月色，比白天更美得多，又是什么命意呢？”便是最严肃的，最古板的宝贝，只要他不曾死透僵透，恐怕也禁不起“秋月的银指光儿，浪漫的搔爬”！曹女士唱了一个“秋香”歌，婉曼得很。

三潭印月——我不爱什么九曲，也不爱什么三潭，我爱在月光下看雷峰静极了的影子——我见了那个，便不要性命。

阮公墩也是个精品，夏秋间竟是个绿透了的绿洲，晚上雾霭苍茫里，背后的群山，只剩了轮廓！他与湖心亭一对乳头形的浓青——墨青，远望去也分不清是高树与低枝，也分不清是榆荫是柳荫，只是两团媚极了的青屿——谁说这上面不是神仙之居？

我形容北京冬令的西山，寻出一个“钝”字；我形容中秋的西湖，舍不了一个“嫩”字。

昨夜二更时分与适之远眺着静偃的湖与堤与印在波光里的堤影，清绝秀绝媚绝，真是理想的美人，随她怎样的姿态，也比拟不得的绝色。我们便想出去拿舟玩月；拿一只轻如秋叶的小舟，悄悄的滑上了夜湖的柔胸；拿一支轻如芦梗的小桨，幽幽的拍着她光润、蜜糯的芳容，挑着她雾縠似的梦壳，扁着身子偷偷的挨了进去，也好分尝她贪饮月光醉了的妙趣！

但昨夜却为泰戈尔的事缠住了，辜负了月色，辜负了湖光，不曾去拿舟，也不曾去偷尝“西子”的梦情；且待今夜月来时吧！

“数大”便是美，碧绿的山坡前几千个绵羊，挨成一片的雪绒，是美；一天的繁星，千万双闪亮的神眼，从无极的蓝空中下窥大地，是美；泰山顶上的云海，巨万的云峰在晨光里静定着，是美；沧海万顷的波浪，戴着各式的白帽，在日光里动荡着，起落着，是美；爱尔兰附近的那个“羽毛岛”上栖着几千万的飞禽，夕阳西沉时只见一个“羽化”的太空，只是万鸟齐鸣的大声，是美，……数大便是美，数大了，似乎按照着一种自然律，自然的会有一种特殊的排列，一种特殊的节奏，一种特殊的式样，激动我们审美的本能，激发我们审美的情绪。

所以西湖的芦荻，与花坞的竹林，也无非是一种数大的美。但这数大的美，不是智力可以分析的，至少不是我的智力所能分析的。看芦花与看黄熟的麦田，或从高处看松林的顶巅，性质是相似的；但因颜色的分别，白与黄与青的分别，我们对景而起的情感，也就各个不同。季候当然也是个影响感兴的元素。芦雪尤其代表气运之转变，一年中最显著最动人深感的转变；象征中秋与三秋间万物由荣入衰的微指；所以芦荻是个天生的诗题。

西湖的芦苇，年来已经渐次的减少，主有芦田的农人，因为芦柴的出息远不如桑叶，所以改种桑树，再过几年，也许西溪的“秋雪”，竟与苏堤的断桥，同成陈迹！

在白天的日光中看芦花，不能见芦花的妙趣；他是同丁香与海棠一样，只肯在月光下泄露他灵魂的秘密；其次亦当在夕阳晚风中，去年十一月我在南京看玄武湖的芦荻，那时柳叶已残，芦花亦飞散过半，但紫金山反射的夕照与城头倏起的凉飔，从苇里惊起了野鸭无数，墨点似的洒满云空（高下的鸣声相和），与一湖的飞絮，沉醉似的舞着，写出一种凄凉的情调，一种缠绵的意境，我只能称之为“秋之魂”，不可以言语比况的秋之魂！又一次看芦花的经验是在月夜的大明湖，我写给徽那篇《月照与湖》（英文的）就是纪念那难得的机会的。

所以前天西溪的芦田，他本身并不曾怎样的激动我的情感。与其白天看西溪的芦花，不如月夜泛舟到湖心亭去看芦花，近便经济得多。

花坞的竹子，可算一绝，太好了，我竟想不出适当的文字来赞美；不但竹子，那一带的风色都好，中秋后尤妙，一路的黄柳红枫，真叫人应接不暇！

三十一那天晚上我们四个人爬登了葛岭，直上初阳台，转折处颇类香山。

山水间的生活

丰子恺

我家迁住白马湖上后三天，我在火车中遇见一个朋友，对我这样说：“山水间虽然清静，但物质的需要不便之外，住家不免寂寞，办学校不免闭门造车，有利亦有弊。”我当时对于这话就起一种感想，后来忙中就忘却了。

现在春晖在山水间已生活了近一年了，我的家庭在山水间已生活了一月多了。我对于山水间的生活，觉得有意义，又想起了火车中的友人的话。写出我的几种感想在下面。

我曾经住过上海，觉得上海住家，邻人都是不相往来，而且敌视的。我也曾做过上海的学校教师，觉得上海的繁华和文明，能使聪明的明白人得到暗示和觉悟，而使悟力薄弱的人受到很恶的影响。我觉得上海虽热闹，实在寂寞，山中虽冷静，实在热闹，不觉得寂寞。就是上海是骚扰的寂寞，山中是清静的热闹。

在火车里的几小时，是在这社会里四五十年的人生的缩图。座位被占，提包被偷等恐慌，就是生活恐慌的缩形。倘嫌山水间的生活的寂寞，而慕都会的热闹，犹之在只乘四五个相熟的人的火车里嫌寂寞，要望别的拥挤着的车子里去。如果有这样的人，他定是要描写拥挤的车子而去观察的小说家，否则是想图利去的pickpocket（扒手）。

我在教授图画唱歌的时候，觉得以前曾在别处学过图画唱歌的人最难教授，全然没有学过的人容易指导。同样，我觉得在社会里最感到困难的是“因袭的打破难”。许多学校风潮，许多家庭悲剧，许多恶劣的人类分子，都是“因袭的罪恶”，何尝是人间本身的不良。因袭好比遗传，永不断绝。新文化一次输入因袭旧恶的社会里，仿佛注些花露水在粪里，气味更难当。再输入一次，仿佛在这花露水和粪里再注入些香油，又变一种臭气。我觉得无论什么改造，非先除去因袭的恶弊终归越弄越坏。在山水间的学校和家庭，不拘何等孤僻，何等少见闻，何等寂寥，“因袭的传染的隔远”和“改造的容易入手”是实实在在的事实。

我从前往往听见人讲到子弟求学或职业等问题，都说：“总要出上海[①]！”听者带着一种对于将来生活的恐慌的自警

① 出上海：指到上海去。

的态度默应着。把这等话的心理解剖起来，里面含着这样的几个要素：（一）上海确是文明地，冠盖之区，要路津。（二）少年应当策高足，先据这要路津。（三）这就是吾人应走的前途。所谓闭门造车，也是具有这样的内容的话。怀着这样的思想的人，是因袭的奴隶，是因袭的维持者。

闭门造车，是指说不符合门外的轨道的大小，造了不能在门外的轨道上运行的车。行车一定要在已成的轨道上吗？这已成的轨道确是引导我们走正路的吗？有了车不能造轨道的吗？在这“闭门造车”一句话里，分明表示着人们的依赖、因袭和创造力多么薄弱。

不造则已，如果要造车，一定非闭门造不可。如果依照已成的轨道而造，所造出的车子和以前已有的车子一样，就在已成的轨道上随波逐流地去了。即使已有的车子是好的，已成的轨道是正的，造车的效力也不过加多了车，不是造车的进步。何况已有的车子或者不好，已成的轨道或者不正呢。

“好久不到都会了，好久不看报了，退步了。”这样说的人也有。实在，进步是前进的意思，进步越快，离社会越远，离社会越远，进步越深（这是厨川白村说的）。子路说道：“吾过矣，吾离群而索居，亦已久矣。”这便是子路所以为子路。

“山水间生活，有利亦有弊”，这大概是指清静、空气新鲜、生活程度低……是利。需要不便、寂寞、闭门造车……是弊。这是要计较两方的利弊长短而取舍的意思。这话的内容和“新思想并不恶、时势变更了不得已而然的。但从前的习惯一概不好，也不能说”的话同是乡愿的话。

这话的变形，就是“凡物都有明暗两方面的”。这话固然不错。但我觉得明暗是一体的。非但如此，明是因为有暗而益明的。仿佛绘画，明调子因暗调子而益美，暗调子因明调子而也美了。断不是明面好，暗面不好。如果取明而弃暗，就是Ruskin（罗斯金）所谓：“自然像日光和阴影相交一般混合着优劣两种要素，使双方相互地供给效用和势力的。所以除去阴影的画家，定要在他自己造出来的无荫的沙漠里烧死！”

爱一物，是兼爱它的明暗两方面。否则，没有暗的明是不明的，是不可爱的。我往往觉得山水间的生活，因为需要不便而菜根更香，豆腐更肥。因为寂寥而邻人更亲。

且勿论都会的生活与山水间的生活孰优孰劣，孰利孰弊。人生随处皆不满，欲图解脱，唯于艺术中求之。

一九二三，五，一四，在小杨柳屋

坝上

汪曾祺

风梳着莜麦沙沙地响，
山药花翻滚着雪浪。
走半天见不到一个人，
这就是俺们的坝上。

——旧作《旅途》

香港人知道坝上的大概不多，但是不少人知道口蘑。口蘑的集散地在张家口市，但是出产在张家口地区的坝上。

张家口地区分坝上、坝下两个部分。我原来以为“坝”是水坝，不是的。所谓坝是一溜大山，齐齐的，远看倒像是一座大坝。坝上坝下，海拔悬殊。坝下七百米，坝上一千四，几乎是直上直下。汽车从万全县起爬坡，爬得很吃力。一上坝，就忽然开得轻快起来，撒开了欢。坝上是台地，非常平。北方人形容地面之平，说是平得像案板一样。而且非常广阔，一望无际。坝上下，温度也极悬殊。我上坝在九月初，原来穿的是衬衫，一上坝就披起了薄棉袄。坝上冬天冷到零下四十度[①]。冬天上坝，汽车站都要检查乘客有没有大皮袄，曾经有人冻死在车上过。

坝上的地块极大。多大？说是有人牵了一头黄牛去犁地，犁了一趟回来，黄牛带回一只小牛犊，已经三岁了！

坝上的农作物也和坝下不同，不种高粱、玉米，种莜麦、胡麻、山药。莜麦和西藏的青稞麦是一类的东西，有点像做麦片的燕麦。这种庄稼显得非常干净，看起来像洗过一样，梳过一样。胡麻开着蓝花，像打着一把一把小伞，很秀气。山药即马铃薯。香港人是见过马铃薯的，但是种在地里的马铃薯恐怕见过的人不多。马铃薯开了花，真是像翻滚着雪浪。

坝上有草原，多马、牛、羊。坝上的羊肉不膻，因为羊吃了野葱，自己已经把膻味解了。据说，过去北京东来顺卖涮羊肉的羊都是从坝上赶了去的——不是用车运，而是雇人成群地赶去的。羊一路走，一路吃草，到北京才不掉膘。

口蘑很奇怪，长在一定的地方，不是到处长。长蘑菇的地方叫作“蘑菇圈”。在草地上远远看去，有一圈草特别绿，那

---

① 指摄氏度。

就是蘑菇圈。蘑菇圈是正圆的。蘑菇就长在这一圈草里——圈里不长，圈外也不长。有人说这地方过去曾扎过蒙古包，蒙古族人把吃剩的肉汤、骨头丢在蒙古包周围，这一圈土特别肥，所以长蘑菇。但据研究蘑菇的专家告诉我，兹说不可信。我采过蘑菇。下过雨，出了太阳，空气潮暖，蘑菇就出来了。从土里顶出一个小小的白帽，雪白的。哈，蘑菇！我第一次采到蘑菇，其惊喜不下于小时候第一次钓到一条鱼。

口蘑品种很多。伞盖背面菌丝作紫黑色的，叫“黑片蘑”，品最次。比较名贵的是青腿子、鸡腿子、白蘑。我曾亲自采到一个白蘑，晾干了，带回北京。一个白蘑做了一大碗汤，一家人都喝了，都说：“鲜极了！”口蘑要干制了才好吃，鲜口蘑不好吃，不像云南的鸡枞或冬菇。我在井冈山吃过才摘的鲜冬菇，风味绝佳，无可比拟。

坝上还出百灵。过去有那种游手好闲，不好好种地的人，即靠采蘑菇和扣百灵为生。百灵为什么要“扣”呢？因为它是落在地面上的。百灵的爪子不能拳曲，不能栖息在树上——抓不住树枝。养百灵的笼里不要栖棍，只有一个“台”，百灵想唱歌，就登台表演。至于怎样“扣”，我则未闻其详。关里的百灵很多都是从“口外”去的。但是口外百灵到了关里得经过一段时间的调教，否则它叫起来带有口外的口音。咦，鸟还有乡音呀？

观音寺

——昆明忆旧之八

汪曾祺

我在观音寺住过一年。观音寺在昆明北郊，是一个荒村，没有什么寺——从前也许有过。西南联大有几个同学，心血来潮，办了一所中学。他们不知通过什么关系，在观音寺找了一处校址。这原是资源委员会存放汽油的仓库，废弃了。我找不到工作，闲着，跟当校长的同学说一声，就来了。这个汽油仓库有几间比较大的屋子，可以当教室，有几排房子可以当宿舍，倒也像那么一回事。房屋是简陋的，瓦顶、土墙，窗户上没有玻璃——那些五十三加仑[①]的汽油桶是不怕风雨的。没有玻璃有什么关系！我们在联大新校舍住了四年，窗户上都没有玻璃。在窗格上糊了桑皮纸，抹一点儿清桐油，亮堂堂的，挺

① 加仑：英、美计量体积或容积的单位。1英制加仑≈4.546升，1美制加仑≈3.785升。

有意境。教员一人一间宿舍，室内床一、桌一、椅一。还要什么呢？挺好。每个月还有一点儿微薄的薪水，饿不死。

这地方是相当野的。我来的前一学期，有一天，薄暮，有一个赶马车的被人捅了一刀，——昆明市郊之间通马车，马车形制古朴，一个有篷的车厢，厢内两边各有一条木板，可以坐八个人，马车和身上的钱都被抢去了，他手里攥着一截突出来的肠子，一边走，一边还问人："我这是什么？我这是什么？"

因此这个中学里有几个校警，还有两支老旧的七九步枪。

学校在一条不宽的公路边上，大门朝北。附近没有店铺，也不见有人家。西北围墙外是一个孤儿院。有二三十个孩子，都挺瘦。有一个管理员。这位管理员不常出来，不知道是什么样子，但是他的声音我们很熟悉。他每天上午、下午都要教这些孤儿唱戏。他大概是云南人，教唱的却是京戏。而且老是那一段：《武家坡》。他唱一句，孤儿们跟着唱一句。"一马离了西凉界"，——"一马离了西凉界"；"不由人一阵阵泪洒胸怀"，——"不由人一阵阵泪洒胸怀"。听了一年《武家坡》，听得人真想泪洒胸怀。

孤儿院的西边有一家小茶馆，卖清茶、葵花子，有时也有两块芙蓉糕。还卖市酒。昆明的白酒分升酒（玫瑰重升）和市酒。市酒是劣质白酒。

再往西去，有一个很奇怪的单位，叫作“灭虱站”。这还是一个国际性的机构，是美国救济总署办的，专为国民党的士兵消灭虱子。我们有时看见一队士兵开进大门，过了一会儿，在我们附近散了一会儿步之后，又看见他们开了出来。听说这些兵进去，脱光衣服，在身上和衣服上喷一种什么药粉，虱子就灭干净了。这有什么用呢？过几天他们还不是浑身又长出虱子来了吗？

我们吃了午饭、晚饭常常出去散步。大门外公路对面是一大片农田。田里种的不是稻麦，却是胡萝卜。昆明的胡萝卜很好，浅黄色，粗而且长，细嫩多水分，味微甜。联大学生爱买了当水果吃，因为很便宜。女同学尤其爱吃，因为据说这种胡萝卜含少量的砒，吃了可以驻颜。常常看见几个女同学一人手里提了一把胡萝卜。到了宿舍里，嘎吱嘎吱地嚼。胡萝卜田是很好看的。胡萝卜叶子琐细，颜色浓绿，密密地，把地皮盖得严严的，说它是“堆锦积绣”，毫不为过。再往北，有一条水渠。渠里不常有水。渠沿两边长了很多木香花。开花的时候白灿灿的耀人眼目，香得不得了。

学校后面——南边是一片丘陵。山上有一口池塘。这池塘下面大概有泉眼，所以池水常满，很干净。这样的池塘按云南人的习惯应该叫作“龙潭”。龙潭里有鱼，鲫鱼。我们有时用自制的鱼竿来钓鱼。这里的鱼未经人钓过，很易上钩。坐在这样的人迹罕到的池边，仰看蓝天白云，俯视钓丝，不知身在何世。

东面是坟。昆明人家的坟前常有一方平地，大概是为了展拜用的。有的还有石桌石凳，可以坐坐。这里有一些矮柏树，到处都是蓝色的野菊花和报春花。这种野菊花非常顽强，连根拔起来养在一个破钵子里，可以开很长时间的花。这里后来成了美国兵开着吉普带了妓女来野合的场所。每到月白风清的夜晚，就可以听到公路上不断有吉普车的声音。美国兵野合，好像是有几个集中的地方的，并不到处撒野。他们不知怎么看中了这个地方。他们扔下了好多保险套，白花花的，到处都是。后来我们就不大来了。这个玩意儿，总是不那么雅观。

我们的生活很清简。教书、看书。打桥牌、聊大天。吃野菜、吃灰菜、野苋菜。还吃一种叫作豆壳虫的甲虫。我在小说《老鲁》里写的，都是真事。哦，我们还演过话剧，《雷雨》，师生合演。演周萍的叫王惠。这位老兄一到了台上简直是晕头转向。他站错了地位，导演着急，在布景后面叫他："王惠，你过来！"他以为是提词，就在台上大声嚷嚷："你过来！"弄得同台的演员莫名其妙。他忘了词，无缘无故在台上大喊："鲁贵！"我演鲁贵，心说：坏了，曹禺的剧本里没有这一段呀！没法子，只好上去，没话找话：“大少爷，您明儿到矿上去，给您预备点儿什么早点？煮几个鸡蛋吧！”他总算明白过来了：“好，随便，煮鸡蛋！去吧！”

生活清贫，大家倒没有什么灾病。王惠得了一次破伤风——打篮球碰破了皮，感染了。有一个姓董的同学和另一个同学搭一辆空卡车进城。那个同学坐在驾驶舱里，他靠在卡车后面的挡板上，挡板的铁闩松开了，他摔了下去。等找到他的时候，坏了，他不会说中国话了，只会说英语，而且只有两句：“I am cold.I am hungry.”（我冷。我饿。）翻来覆去，说个不停。这二位都治好了。我们那时都年轻，很皮实，不太容易被疾病打倒。

炮仗响了。日本投降那天，昆明到处放炮仗，昆明人就把抗战胜利叫作“炮仗响了”。这成了昆明人计算时间的标记，如：“那会儿炮仗还没响”“这是炮仗响了之后一个月的事情”。大后方的人纷纷忙着“复员”，我们的同学也有的联系汽车，计划着“青春作伴好还乡”。有些因为种种原因，一时回不去，不免有点儿恓恓惶惶。有人抄了一首唐诗贴在墙上：

故园东望路漫漫，
双袖龙钟泪不干。

马上相逢无纸笔，
凭君传语报平安。

诗很对景，但是心情其实并不那样酸楚。昆明的天气这样好，有什么理由急于离开呢？这座中学后来迁到篆塘到大观楼之间的白马庙，我在白马庙又接着教了一年，到一九四六年八月，才走。

科纳克里的红豆（节选）

季羡林

我一来到科纳克里，立刻就爱上了这个风景如画的城市。谁又能不爱这样一个城市呢？它简直就是大西洋岸边的明珠、黑非洲土地上的花园。烟波浩淼的大洋从三面把它环抱起来。白天，潋滟的波光引人遐想；夜里，涛声震撼着全城的每一个角落，如万壑松声，如万马奔腾。全城到处都长满了芒果树，浓黑的树影遮蔽着每一条大街和小巷。开着大朵红花的高大的不知名的树木间杂在芒果树中间，鲜红浓绿，相映成趣。在这些树木中间，这里或那里，又耸出一棵棵参天的棕榈，尖顶直刺天空。这就更增加了热带风光的感觉。

不久，我就发现，这个城市所以可爱，还不仅由于它那美丽的风光。我没有研究过非洲历史，到黑非洲来还是第一次。但是，自从我对世界有一点知识的那天起，我就知道，非洲是白色老爷的天下。他们仗着船坚炮利，硬闯了进来。他们走到什么地方，什么地方就布满刀光火影，一片焦土，一片血泊。

黑人同粮食、水果、象牙、黄金一起，被他们运走。不知道有多少万人从此流落他乡，几辈子流血流汗，做牛做马。然而白色老爷们还不满足，他们绘影图形，在普天下人民面前，把非洲人描绘成手执毒箭身刺花纹半裸体的野人。非洲人民辗转呻吟在水深火热中，几十年，几百年，多么漫长黑暗的夜啊！

然而，天终于亮了。人间换了，天地变了。非洲人民挣断了自己脖子上的枷锁，伸直了腰，再也不必在白色老爷面前低首下心了。我来到科纳克里，看到的是一派意气风发欣欣向荣的气象。我在大街上遇到各种各样的人，有穿着工作服的工人，有牵着牛的农民，有挎着书包上学的小学生，还有在街旁树下乘凉的老人，在芒果树荫里游戏的儿童，以及身穿宽袍大袖坐在摩托车上飞驰的小伙子。看他们的眼神，都闪耀着希望的光芒、幸福的光芒。他们一个个精神抖擞。看样子，不管眼前是崎岖的小路，还是阳关大道，他们都要走上去。即使没有路，他们也要用自己的双脚踏出一条路来。

我也曾在那些高大坚固的堡垒里遇到这些人。他们昂首横目控诉当年帝国主义分子所犯下的滔天罪行。他们现在不再是奴隶，而是顶天立地的人，凛然不可侵犯。这种凛然不可侵犯的气概最充分地表现在五一节的游行上。那一天，我们曾被邀请观礼。塞古·杜尔总统，所有的政治局委员和部长都亲自出席。我们坐在芒果树下搭起来的木头台子上，游行者也就踏着这些芒果树的浓荫在我们眼前川流不息地走过去，一走走了三个多小时。估计科纳克里全城的人有一多半都到这里来了。他们有的步行，有的坐在车上，表演着自己的行业：工人在织布、砌砖，农民在耕地、播种，渔民在撒网捕鱼，学生在写字、念书，商人在割肉、称菜，电话员不停地接线，会计员不住地算账。使我们在短暂的时间能够看到几内亚人民生活的各个方面。男女小孩脖子上系着红色、黄色或绿色的领巾。这是国旗的颜色，小孩子系上这样的领巾，就仿佛是把祖国扛在自己肩上。他们载歌载舞，像一朵朵鲜花，给游行队伍带来了生气，给人们带来了希望。于是广场上、大街上，洋溢起一片欢悦之声，透过芒果树浓密的叶子，直上云霄。

走在队伍最后面的是武装部队。有步兵，也有炮兵，他们携带着各种各样的武器。我觉得，这时大地仿佛在他们脚下震动，海水仿佛停止了呼啸。于是那一片欢悦之声，又罩上了一层严肃威武，透过芒果树浓密的叶子，直上云霄。

中国人民同北非和东非的人民从邈远的古代起就有来往，这在历史上是有记载的。但是，几内亚远处西非，前有水天渺茫的大西洋，后有平沙无垠的撒哈拉，在旧时代，中国人是无法到这里来的。即使到了现代，在十年八年以前，在科纳克里，恐怕也很少看到中国人。但是，我们现在来到这里，却仿佛来到了老朋友的家，没有一点陌生的感觉。我们走在街上，小孩子用中国话高喊：“你好！”卖报的小贩伸出小拇指，大声说：“北京，毛泽东！”“北京，周恩来！”连马路上值班的交通警见到汽车里坐的是中国人，也连忙举手致敬。有的女孩子见了我们，有点腼腆，低头一笑，赶快转过身去，嘴里低声说着：“中国人。”我们走到什么地方，什么地方就有和蔼的微笑，温暖的双手。深情厚谊就像环抱科纳克里的大西洋一样包围着我们，使我们感动。

正在这个时候，我忽然听说，在科纳克里可以找到红豆。中国人对于红豆向来有一种特殊的感情。我们的古人给它起了一个异常美妙动人的名字：“相思子”。只是这一个名字就能勾引起人们无限的情思。谁读了王维的“红豆生南国，春来发几枝。愿君多采撷，此物最相思”那一首著名的小诗，脑海里会不浮起一些美丽的联想呢？

一个星期日的傍晚，我们到科纳克里植物园里去捡红豆。在红豆树下，枯黄的叶子中，干瘪的豆荚上，一星星火焰似的鲜红，像撒上了朱砂，像踏碎了珊瑚，闪闪射出诱人的光芒。

正当我们全神贯注地捡着红豆的时候，蓦地听到有人搓着拇指和中指在我们耳旁发出了清脆的响声。我们抬头一看：一位穿着黑色西服、身体魁梧的几内亚朋友微笑着站在我们眼前。这个人好面熟，好像在哪里见过。我们脑海里像打了一个闪似的，立刻恍然大悟：他就是塞古·杜尔总统。原来他一个人开着一部车子出来闲逛。来到植物园，看到有中国朋友在这里，立刻走下车来，同我们每个人握手问好。他说了几句简单的话，就又开着车走了。

这难道不算是一场奇遇吗？在这样一个时候，在这样一个地方，竟遇到了中国人民的朋友塞古·杜尔总统。我觉得，手里的红豆仿佛立刻增加了分量，增添了鲜艳。

晚上回到旅馆，又把捡来的红豆拿出来欣赏。在灯光下，一粒粒都像红宝石似的闪闪烁烁。它们似乎更红，更可爱，闪出来的光芒更亮了。一刹那间，科纳克里的风物之美，这里人民的心地之美，仿佛都集中到这一颗颗小小的红豆上面来。它仿佛就是几内亚人民对中国人民的深情厚谊的结晶。

我愿意把这些红豆带回国去，分赠给朋友们。一颗红豆，就是几内亚人民的一片心。让每一位中国朋友都能分享到几内亚人民对中国人民的情谊，让这种情谊的花朵开遍全中国，而且永远开下去。

1964年7月

昆明的雨

汪曾祺

宁坤要我给他画一张画，要有昆明的特点。我想了一些时候，画了一幅：右上角画了一片倒挂着的浓绿的仙人掌，末端开出一朵金黄色的花；左下画了几朵青头菌和牛肝菌。题了这样几行字：

> 昆明人家常于门头挂仙人掌一片以辟邪，仙人掌悬空倒挂，尚能存活开花。于此可见仙人掌生命之顽强，亦可见昆明雨季空气之湿润。雨季则有青头菌、牛肝菌，味极鲜腴。

我想念昆明的雨。

我以前不知道有所谓雨季。“雨季”，是到昆明以后才有了具体感受的。

我不记得昆明的雨季有多长，从几月到几月，好像是相当长的。但是并不使人厌烦。因为是下下停停、停停下下，不是连绵不断，下起来没完。而且并不使人气闷。我觉得昆明雨季气压不低，人很舒服。

昆明的雨季是明亮的、丰满的，使人动情的。城春草木深，孟夏草木长。昆明的雨季，是浓绿的。草木的枝叶里的水分都到了饱和状态，显示出过分的、近于夸张的旺盛。

我的那张画是写实的。我确实亲眼看见过倒挂着还能开花的仙人掌。旧日昆明人家门头上用以辟邪的多是这样一些东西：一面小镜子，周围画着八卦，下面便是一片仙人掌——在仙人掌上扎一个洞，用麻线穿了，挂在钉子上。昆明仙人掌多，且极肥大。有些人家在菜园的周围种了一圈仙人掌以代替篱笆——种了仙人掌，猪羊便不敢进园吃菜了。仙人掌有刺，猪和羊怕扎。

昆明菌子极多。雨季逛菜市场，随时可以看到各种菌子。最多，也最便宜的是牛肝菌。牛肝菌下来的时候，家家饭馆卖炒牛肝菌，连西南联大食堂的桌子上都可以有一碗。牛肝菌色如牛肝，滑，嫩，鲜，香，很好吃。炒牛肝菌须多放蒜，否则容易使人晕倒。青头菌比牛肝菌略贵。这种菌子炒熟了也还是浅绿色的，格调比牛肝菌高。菌中之王是鸡枞，味道鲜浓，无可方比。鸡枞是名贵的山珍，但并不真的贵得惊人。一盘红烧鸡纵的价钱和一碗黄焖鸡不相上下，因为这东西在云南并不难得。有一个笑话：有人从昆明坐火车到呈贡，在车上看到地上有一棵鸡纵，他跳下去把鸡纵捡了，紧赶两步，还能爬上火车。这笑话用意在说明昆明到呈贡的火车之慢，但也说明鸡纵随处可见。有一种菌子，中吃不中看，叫作干巴菌。乍一看那样子，真叫人怀疑：这种东西也能吃？！颜色深褐带绿，有点像一堆半干的牛粪或一个被踩破了的马蜂窝。里头还有许多草茎、松毛，乱七八糟！可是下点功夫，把草茎松毛择净，撕成蟹腿肉粗细的丝，和青辣椒同炒，入口便会使你张目结舌：这东西这么好吃？！还有一种菌子，中看不中吃，叫鸡油菌。都是一般大小，有一块银圆那样大，滴溜儿圆，颜色浅黄，恰似鸡油一样。这种菌子只有做菜时配色用，没甚味道。

雨季的果子，是杨梅。卖杨梅的都是苗族女孩子，戴一顶小花帽子，穿着扳尖的绣了满帮花的鞋，坐在人家阶石的一角，不时吆唤一声："卖杨梅——"声音娇娇的。她们的声音使得昆明雨季的空气更加柔和了。昆明的杨梅很大，有一个乒乓球那样大，颜色黑红黑红的，叫作"火炭梅"。这个名字起得真好，真是像一球烧得炽红的火炭！一点都不酸！我吃过苏州洞庭山的杨梅、井冈山的杨梅，好像都比不上昆明的火炭梅。

雨季的花是缅桂花。缅桂花即白兰花，北京叫作“把儿兰”（这个名字真不好听）。云南把这种花叫作缅桂花，可能最初这种花是从缅甸传入的，而花的香味又有点像桂花，其实这跟桂花实在没有什么关系。不过话又说回来，别处叫它白兰、把儿兰，它和兰花也挨不上呀，也不过是因为它很香，香得像兰花。我在家乡看到的白兰多是一人高，昆明的缅桂是大树！我在若园巷二号住过，院里有一棵大缅桂，密密的叶子，把四周房间都映绿了。缅桂盛开的时候，房东（是一个五十多岁的寡妇）和她的一个养女，搭了梯子上去摘，每天要摘下来好些，拿到花市上去卖。她大概是怕房客们乱摘她的花，时常给各家送去一些。有时送来一个七寸盘子，里面摆得满满的缅桂花！带着雨珠的缅桂花使我的心软软的，不是怀人，不是思乡。

雨，有时是会引起人一点淡淡的乡愁的。李商隐的《夜雨寄北》是为许多久客的游子而写的。我有一天在积雨少住的早晨和德熙从联大新校舍到莲花池去。看了池里的满池清水，看了着比丘尼装的陈圆圆的石像（传说陈圆圆随吴三桂到云南后出家，暮年投莲花池而死），雨又下起来了。莲花池边有一条小街，有一个小酒店，我们走进去，要了一碟猪头肉，半斤市酒（装在上了绿釉的土瓷杯里），坐了下来。雨下大了。酒店有几只鸡，都把脑袋反插在翅膀下面，一只脚着地，一动也不动地在檐下站着。酒店院子里有一架大木香花。昆明木香花很多。有的小河沿岸都是木香。但是这样大的木香却不多见。一棵木香，爬在架上，把院子遮得严严的。密匝匝的细碎的绿叶，数不清的半开的白花和饱涨的花骨朵，都被雨水淋得湿透了。我们走不了，就这样一直坐到午后。四十年后，我还忘不了那天的情味，写了一首诗：

莲花池外少行人，
野店苔痕一寸深。
浊酒一杯天过午，
木香花湿雨沉沉。

我想念昆明的雨。

第三章

以梦为马，去向远方

玫瑰汁、葡萄浆、紫荆液、玛瑙精、
霜枫叶——大量的染工，
在层累的云底工作。
无数蜿蜒的鱼龙，
爬进了苍白色的云堆。

这一年的笔 | 老舍

去年“七七”，我还在青岛，正赶写两部长篇小说。这两部东西都定好在九月中登载出，作为“长篇连载”，足一年之用。七月底，平津失陷，两篇共得十万字，一篇三万，一篇七万。再有十几万字，两篇就都完成了，我停了笔。一个刊物，随平津失陷而停刊，自然用不着供给稿子；另一个却还在上海继续刊行，而且还直催预定货件。可是，我不愿写下去。

初一下笔的时候，还没有战争的影子，作品内容也就没往这方面想。及至战争已在眼前，心中的悲愤万难允许再编制“太平歌词”了。青岛的民气不算坏，四乡壮丁早有训练，码头工人绝对可靠，不会被浪人利用，而且据说已有不少正规军队开到。公务人员送走妇孺，是遵奉命令；男人们照常做事，并不很慌。市民去几里外去找“号外”，等至半夜去听广播的，并不止我一个人。虽然谁也看出，胶济路一毁，敌人海军封锁海口，则青岛成为罐子，可是大家真愿意“打日本鬼子”！抗战的情绪平定了身家危险的惊惧，大家不走。在这种空气中，我开始给本地报纸写抗战短文。信用——未能交出预约的稿子，报酬，艺术，都不算一回事了；抗战第一。一个医生因报酬薄而拒绝去医治伤兵，设若被视为可耻，我想我该放下长篇，而写些有关抗战的短文。

八月中旬因应齐大之约，搬往济南。济南还不如青岛。民气沉寂，而敌军已陷沧州。我不悲观，也不乐观，我写我的，还是供给各报纸。

直到十一月中旬，黄河铁桥炸毁，我始终活动着我的笔，不管有多大用处。铁桥炸毁，敌军眼看攻到，而当地长官还没有抗战的决心，我只好走出来。不能教我与我的笔一齐锈在家中。

到汉口，我的笔更忙起来。人家要什么，我写什么。我只求尽力，而不考虑自己应当写什么，假若写大鼓书词有用，好，就写大鼓书词。艺术？自己的文名？都在其次。抗战第一。我的力量都在一支笔上，这支笔须服从抗战的命令。有一天，见到一位伤兵，他念过我的鼓词。他已割下一条腿。他是谁？没人知道。他死，入无名英雄墓。他活，一个无名的跛子。他读过我的书词，而且还读给别的兄弟们听，这就够了。只求多有些无名英雄们能读到我的作品，能给他们一些安慰，好；一些激动，也好。我设若因此而被关在艺术之神的寺外，而老去伺候无名英雄们，我必满意，因为我的笔并未落空。

这一年来的流亡，别离，苦痛，都可以忍受，因为笔还在我手中。想想看，那该是怎样残酷的事呢，设若我的手终日闲着，笔尖长了锈！再退一步讲，我依然继续写我的长篇小说，而没有一个无名英雄来取读，我与抗战恐怕就没有多大关系了吧？在今日，我以为一篇足以使文人淑女满意的巨制，还不及使一位伤兵能减少一些苦痛寂寞的小品；正如争得百米第一的奖牌，在今日，远不及一位士兵挂彩那么光荣。在这时代，才力的伟大与否，艺术的成就如何，倒似乎都在其次，最要紧的还是以个人的才力——不管多么小，而艺术——不管成就怎样，配合着抗战的一切，作成今天管今天的，敌人来到便拿枪的事实。

我是在这里称赞自己么？一定不是！我是来说这一年我的笔没有闲着，和为什么事没有闲着。我尽了我的力，该当的；只觉得不够，羞愧；还敢自诩？因为我自己如是，我便可以切实地说明，文艺界的朋友们多数的是加紧工作，不肯闲起笔来。大家所写的不同，可是文艺始终未曾被敌人的炮火吓得闭口无言。自然，因印刷的，交通的，分配的，种种不便与疏忽，文艺还未曾深入民间与军队中。可是，这不足证明文艺者的懒怠，而是许多许多实际的困难未能克服，不能归咎于作家。第三期抗战已到，精神食粮必须与武器兵力一齐马上充实起来，不可稍缓。文艺者，我相信，是愿意把笔作为枪的。那么，政府社会在实际上能予以便利及与帮助，实在是必要的。文艺者只有笔，他并没“一应俱全”地带着印刷与交通工具。等到文艺者的笔因客观的条件而不得不锈起来，那个损失将非仅后悔所能弥补的。

这一年的笔是沾着这一年民族的血来写画的，希望她能尽情地挥动，写出最后胜利的欢呼与狂舞。有笔的人都是有这个信仰。希望政府与社会帮助。横扫倭寇，还我山河！

“住”的梦 | 老舍

在北平与青岛住家的时候，我永远没想到过：将来我要住在什么地方去。在乐园里的人或者不会梦想另辟乐园吧。

在抗战中，在重庆与它的郊区住了六年。这六年的酷暑重雾，和房屋的不像房屋，使我会做梦了。我梦想着抗战胜利后我应去住的地方。

不管我的梦想能否成为事实，说出来总是好玩的：

春天，我将要住在杭州。二十年前，我到过杭州，只住了两天。那是旧历的二月初，在西湖上我看见了嫩柳与菜花，碧浪与翠竹。山上的光景如何？没有看到。三四月的莺花山水如何，也无从晓得。但是，由我看到的那点春光，已经可以断定杭州的春天必定会教人整天生活在诗与图画中的。所以，春天我的家应当是在杭州。

夏天，我想青城山应当算作最理想的地方。在那里，我虽然只住过十天，可是它的幽静已拴住了我的心灵。在我所看见过的山水中，只有这里没有使我失望。它并没有什么奇峰或巨瀑，也没有多少古寺与胜迹，可是，它的那一片绿色已足使我感到这是仙人所应住的地方了。到处都是绿，而且都是像嫩柳那么淡，竹叶那么亮，蕉叶那么润，目之所及，那片淡而光润的绿色都在轻轻地颤动，仿佛要流入空中与心中去似的。这个绿色会像音乐似的，涤清了心中的万虑，山中有水，有茶，还有酒。早晚，即使在暑天，也须穿起毛衣。我想，在这里住一夏天，必能写出一部十万到二十万的小说。

假若青城去不成，求其次者才提到青岛。我在青岛住过三年，很喜爱它。不过，春夏之交，它有雾，虽然不很热，可是相当地湿闷。再说，一到夏天，游人来得很多，失去了海滨上的清静。美而不静便至少失去一半的美。最使我看不惯的是那些喝醉的外国水兵与差不多是裸体的，而没有曲线美的妓女。秋天，游人都走开，这地方反倒更可爱些。

不过，秋天一定要住北平。天堂是什么样子，我不晓得，但是从我的生活经验去判断，北平之秋便是天堂。论天气，不冷不热。论吃食，苹果，梨，柿，枣，葡萄，都每样有若干种。至于北平特产的小白梨与大白海棠，恐怕就是乐园中的禁果吧，连亚当与夏娃见了，也必滴下口水来！果子而外，羊肉正肥，高粱红的螃蟹刚好下市，而良乡的栗子也香闻十里。论花草，菊花种类之多，花式之奇，可以甲天下。西山有红叶可见，北海可以划船——虽然荷花已残，荷叶可还有一片清香。衣食住行，在北平的秋天，是没有一项不使人满意的。即使没有余钱买菊吃蟹，一两毛钱还可以爆二两羊肉，弄一小壶佛手露啊！

冬天，我还没有打好主意，香港很暖和，适于我这贫血怕冷的人去住，但是“洋味”太重，我不高兴去。广州，我没有到过，无从判断。成都或者相当地合适，虽然并不怎样和暖，可是为了水仙，素心腊梅，各色的茶花，与红梅绿梅，仿佛就受一点寒冷，也颇值得去了。昆明的花也多，而且天气比成都好，可是旧书铺与精美而便宜的小吃食远不及成都的那么多，专看花而没有书读似乎也差点事。好吧，就暂时这么规定：冬天不住成都便住昆明吧。

在抗战中，我没能发了国难财。我想，抗战结束以后，我必能阔起来，唯一的原因是我是在这里说梦。既然阔起来，我就能在杭州，青城山，北平，成都，都盖起一所中式的小三合房，自己住三间，其余的留给友人们住。房后都有起码是二亩大的一个花园，种满了花草；住客有随便折花的，便毫不客气地赶出去。青岛与昆明也各建小房一所，作为候补住宅。各处的小宅，不管是什么材料盖成的，一律叫作“不会草堂”——

在抗战中，开会开够了，所以永远“不会”。

那时候，飞机一定很方便，我想四季搬家也许不至于受多大苦处的。假若那时候飞机减价，一二百元就能买一架的话，我就自备一架，择黄道吉日慢慢地飞行。

梦想的文艺 | 老舍

我盼望总会有那么一天，我可以随便到世界任何地方去，而没有人偷偷地跟在我的背后，没有人盘问我到哪里去和干什么去，也没有人检查我的行李。那就是我的理想世界！在那个世界里，我爱写什么便写什么，正如同我爱到何处去便到何处那样。我相信，在那个世界里，文艺将是讲绝对的真理的，既不忌讳什么而吞吞吐吐，也不因遵守标语口号而把某一帮一行的片面，当作真理。那时候，我的笔下对真理负责，而不帮着张三或李四去辩论曲直是非——他们俩最好找律师去解决那些鸡毛蒜皮的事。

那时候，我若到了德国，便直言无隐地告诉德国人，他们招待客人还太拘形式，使我感到不舒服。（德国人在那时候当然已早忘了制造战争，而很忠诚地制造阿司匹林。）他们听了并不生气，而赶快去研究怎样可以不拘形式而把客人招待得从心眼里觉得安逸。同样的，我可以在伦敦讽刺英国的士大夫：

他们为什么那样注意戴礼帽，拿雨伞，而不设法去消灭或减少伦敦的黑雾。那些有幽默感的英国人笑着接受了我的暗示，于是国会决议：每天起飞五千架重轰炸机往下撒极细的沙子，把黑雾过滤成白雾，而伦敦市民就一律因此增寿十年。

我的笔将是温和的，微微含笑的，不发气的，写出聪明的合理的话。我不必粗脖子红脸地叫喊什么，那样是会使文字粗糙，失去美丽的。我不必顾虑我的话会引来棍棒与砖头，除非我是说了谎或乱骂了人。那时候的社会上求真的习尚，使写家必须像先知似的说出警告，那时候人们的审美力的提高，使作家必须唱出他的话语，像春莺似的美妙。

昨天我听见一个四十多岁的汉子，对一个十九岁的学生说："你要真理？我的话便是真理！听从我的话便是听从真理！我这个真理会教你有衣有食，有津贴好拿！在我的真理以外，你要想另找一个，你便会找到监狱，毒刑，死亡！想想看，你才十九岁，青春多么可爱呀！"

这几句话使我颤抖了好大半天。我不晓得那个十九岁的孩子后来怎样回答，我一声没出。我可是愿意说出我的愿望，尽管那个愿望是永不会实现的梦想！

寄东北流亡者 | 萧红

沦落在异地的东北同胞们：

当每个秋天的月亮快圆的时候，你们的心总被悲哀装满。想起高粱油绿的叶子，想起白发的母亲或幼年的亲眷。

你们的希望曾随着秋天的满月，在幻想中赊取了七次，而每次都是月亮如期的圆了，而你们的希望却随着高粱叶子萎落。但是自从“八一三”之后，上海的炮火响了，中国政府积极抗战揭开，“九一八”成了习惯的暗淡与愁惨却在炮火的交响里换成了激动、兴奋和感激。这时，你们一定也流泪了。这是感激的泪，兴奋的泪，激动的泪。

记得抗战以后，第一个“九一八”是怎样纪念的呢？

中国飞行员在这天做了突击的工作，他们对于出云舰的袭击做了出色的功绩。

那夜里，日本神经质的高射炮手，浪费的用红色的绿色的淡蓝色的炮弹把天空染红了。但是我们的飞行员仍然以精确的技巧和沉毅的态度来攻击这摧毁文化、摧毁和平的法西斯魔手。几百万市民都仰起头来寻觅，其实他们是什么也看不见的，但是他们一定要看。在那黑黝黝的天空里仿佛什么都找不到，而这里就隐藏着我们抗战的活动的每个角度。

第一个煽惑起东北同胞的思想的是："我们就要回家去了！"

是的，家是可以回去的，而且家也是好的，土地是宽阔的，米粮是富足的。

是的，人类是何等的对着故乡寄注了强烈的怀念呵！黑人对着迪斯的痛苦的向往，爱尔兰的诗人夏芝想回到那有"蜂房一窠、菜畦九畴"的茵尼斯，做过水手的约翰·曼殊斐儿狂热的愿意回到海上。

但是等待了七年的同胞们，单纯的心急是没用的，感情的焦躁不但无价值，而常常是理智的降低。要把急切的心情放在工作的表现上才对。我们的位置就是永远站在别人的前边的那个位置。我们是应该第一个打开了门而是最末走进去的人。

抗战到现在已经遭遇到最艰苦的阶段，而且也就是最与胜利接近的阶段。在美国贾克·伦敦[1]所写的一篇短篇小说上，描写两个拳师在冲击的斗争里，只系于最后的一拳。而那个

① 今译"杰克·伦敦"。

可怜的“老拳师”所以失败的原因，也只在少吃了一块“牛扒”。假若事先他能在肚里装进一块“牛扒”，胜利一定属于他的。

东北流亡同胞们，我们的地大物博，决定我们的沉着毅勇，正与敌人的急功切进相反，所以最后的一拳一定是谁最沉着的就是谁打得最有力。我们应该献身给祖国做前卫的工作，就如我们应该把失地收复一样。这是无可怀疑的。

东北流亡同胞们，为了失去的土地上的高粱、谷子，努力吧！为了失去的土地上年老的母亲，努力吧！为了失去的地面上的痛心的一切的记忆，努力吧！

而且我们要竭力克服残存的那种“小地主”意识和官僚主义的余毒，赶快的加入到生产的机构里，因为“九一八”以后的社会变更，已经使你们失去了大片土地的依存，要还是固守从前的生活方式，坐吃山空，那样你们的资产只剩了哀愁和苦闷。做个商人去，做个工人去，做一个能生产的人比做一个在幻想上满足自己的流浪人要对国家有利得多。

幻想不能泛滥，现实在残酷的抨击你的时候，逃避只会得到更坏的暗袭。

时值流亡在异乡的故友们，敬希珍重，拥护这个抗战和加强这个抗战，向前走去。

泰山日出

徐志摩

我们在泰山顶上看出太阳。在航过海的人，看太阳从地平线下爬上来，本不是奇事；而且我个人是曾饱饫过红海与印度洋无比的日彩的。但在高山顶上看日出，尤其在泰山顶上，我们无餍的好奇心，当然盼望一种特异的境界，与平原或海上不同的。果然，我们初起时，天还暗沉沉的，西方是一片的铁青，东方些微有些白意，宇宙只是——如用旧词形容——一体莽莽苍苍的。但这是我一面感觉劲烈的晓寒，一面睡眼不曾十分醒豁时约略的印象。等到留心回览时，我不由得大声的狂叫——因为眼前只是一个见所未见的境界。原来昨夜整夜暴风的工程，却砌成一座普遍的云海。除了日观峰与我们所在的玉皇顶以外，东西南北只是平铺着弥漫的云气，在朝旭未露前，宛似无量数厚毳长绒的绵羊，交颈接背的眠着，卷耳与弯角都依稀辨认得出。那时候在这茫茫的云海中，我独自站在雾霭溟蒙的小岛上，发生了奇异的幻想——

我的躯体无限的长大，脚下的山峦比例我的身量，只是一块拳石；这巨人披着散发，长发在风里像一面墨色的大旗，飒飒的在飘荡。这巨人竖立在大地的顶尖上，仰面向着东方，平拓着一双长臂，在盼望，在迎接，在催促，在默默的叫唤；在崇拜，在祈祷，在流泪——在流久慕未见而将见悲喜交互的热泪……

这泪不是空流的，这默祷不是不生显应的。

巨人的手，指向着东方——

东方有的，在展露的，是什么？

东方有的是瑰丽荣华的色彩，东方有的是伟大普照的光明——出现了，到了，在这里了……

玫瑰汁、葡萄浆、紫荆液、玛瑙精、霜枫叶——大量的染工，在层累的云底工作。无数蜿蜒的鱼龙，爬进了苍白色的云堆。

一方的异彩，揭去了满天的睡意，唤醒了四隅的明霞——光明的神驹，在热奋地驰骋……

云海也活了；眠熟了兽形的涛澜，又回复了伟大的呼啸，昂头摇尾的向着我们朝露染青馒形的小岛冲洗，激起了四岸的水沫浪花，震荡着这生命的浮礁，似在报告光明与欢欣之临莅……

再看东方——海句力士已经扫荡了他的阻碍，雀屏似的金霞，从无垠的肩上产生，展开在大地的边沿。起……起……用力，用力。纯焰的圆颅，一探再探的跃出了地平，翻登了云背，临照在天空……

歌唱呀，赞美呀，这是东方之复活，这是光明的胜利……

散发祷祝的巨人，他的身彩横亘在无边的云海上，已经渐渐的消翳在普遍的欢欣里；现在他雄浑的颂美的歌声，也已在霞彩变幻中，普彻了四方八隅……

听呀，这普彻的欢声；看呀，这普照的光明！

这是我此时回忆泰山日出时的幻想，亦是我想望泰戈尔来华的颂词。

晨梦

丰子恺

我常常在梦中晓得自己做梦。晨间，将醒未醒的时候，这种情形最多，这不是我一人独有的奇癖，讲出来常常有人表示同感。

近来我尤多经验这种情形：我妻到故乡去作长期的归宁，把两个小孩子留剩在这里，交托我管。我每晚要同他们一同睡觉。他们先睡，九点钟定静，我开始读书，作文，往往过了半夜，才钻进他们的被窝里。天一亮，小孩子就醒，像鸟儿地在我耳边喧聒，又不绝地催我起身。然这时候我正在晨梦，一面隐隐地听见他们的喧聒，一面作梦中的遨游。他们叫我不醒，将嘴巴合在我的耳朵上，大声疾呼："爸爸！起身了！"立刻把我从梦境里拉出。

有时我的梦正达于兴味的高潮，或还没有告段落，就回他们话，叫他们再唱一曲歌，让我睡一歇，连忙蒙上被头，继续进行我的梦游。这的确会继续进行，甚且打断两三次也不妨。不过那时候的情形很奇特：一面寻找梦的头绪，继续演进，一面又能隐隐地听见他们的唱歌声的断片。即一面在热心地做梦中的事，一面又知道这是虚幻的梦。有梦游的假我，同时又有伴小孩子睡着的真我。

但到了孩子大哭，或梦完结了的时候，我也就毅然地起身了。披衣下床，“今日有何要务”的真我的正念凝集心头的时候，梦中的妄念立刻被排出意外，谁还留恋或计较呢？

“人生如梦”，这话是古人所早已道破的，又是一切人所痛感而承认的。那么我们的人生，都是——同我的晨梦一样——在梦中晓得自己做梦的了。这念头一起，疑惑与悲哀的感情就支配了我的全体，使我终于无可自解，无可自慰。往往没有穷究的勇气，就把它暂搁在一旁，得过且过地过几天再说。这想来也不是我一人的私见，讲出来一定有许多人表示同感吧！

因为这是众目昭彰的一件事：无穷大的宇宙间的七尺之躯，与无穷久的浩劫中的数十年，而能上穷星界的秘密，下探大地的宝藏，建设诗歌的美丽的国土，开拓哲学的神秘的境地。然而一到这脆弱的躯壳损坏而腐朽的时候，这伟大的心灵就一去无迹，永远没有这回事了。这个“我”的儿时的欢笑，青年的憧憬，中年的哀乐，名誉，财产，恋爱……在当时何等认真，何等郑重；然而到了那一天，全没有“我”的一回事了！哀哉，“人生如梦”！

然而回看人世，又觉得非常诧异：在我们以前，“人生”已被反复了数千万遍，都像昙花泡影地倏现倏灭。大家一面明明知道自己也是如此，一面却又置若不知，毫不怀疑地热心做人。——做官的热心办公，做兵的热心体操，做商的热心算盘，做教师的热心上课，做车夫的热心拉车，做厨房的热心烧饭……还有做学生的热心求知识，以预备做人，——这明明是自杀，慢性的自杀！

这便是为了人生的饱暖的愉快，恋爱的甘美，结婚的幸福，爵禄富厚的荣耀，把我们骗住，致使我们无暇回想，流连忘返，得过且过，提不起穷究人生的根本的勇气，糊涂到死。

“人生如梦！”不要把这句话当作文学上的装饰的丽句！这是当头的棒喝！古人所道破，我们所痛感而承认的。我们的人生的大梦，确是——同我的晨梦一样——在梦中晓得自己做梦的。我们一面在热心地做梦中的事，一面又知道这是虚幻的梦。我们有梦中的“假我”，又有本来的“真我”。我们毅然起身，披衣下床，“真我”的正念凝集于心头的时候，梦中的妄念立刻被置之一笑，谁还留恋或计较呢？

同梦的朋友们！我们都有“真我”的，不要忘记了这个“真我”，而沉酣于虚幻的梦中！我们要在梦中晓得自己做梦，而常常找寻这个“真我”的所在。

破晓 | 梁遇春

今天破晓酒醒时候，我忽然忆起前晚上他向我提过“空持罗带，回首恨依依”这两句词。仿佛前宵酒后曾有许多感触。宿酒尚未全醒的我，就闭着眼睛暗暗地追踪那时思想的痕迹。底下所写下来的就是还逗留在心中的一些零碎。也许有人会拿心理分析的眼光含讥地来解剖这些杂感，认为是变态的，甚至于低能的，心理的表现；可是我总是十分喜欢它们。因为我爱自己，爱这个自己厌恶着的自己，所以我爱我自己心里流出，笔下写出的文字，尤其爱自己醒时流泪醉时歌这两种情怀凑合成的东西。而且以善于写信给学生家长，而荣膺大学校长的许多美国大学校长，和单知道立身处世，势利是图的佛兰克林①式的人物，虽然都是神经健全，最合于常态心理的人们，却难

① 今译“富兰克林”，即本杰明·富兰克林（1706—1790），美国政治家、科学家。

免得使甘于堕落的有志之士恶心。

“空持罗带，回首恨依依”，这真是我们这一班人天天尝着的滋味。无数黄金的希望失掉了，只剩下希望的影子，做此刻惘怅的资料，此刻又弄出许多幻梦，几乎是明知道不能实现的幻梦，那又是将来回首时许多感慨之所系。于是乎，天天在 心里建起七宝楼台，天天又看到前天架起的灿烂的建筑物消失在云雾里，化作命运的狞笑，仿佛《亚俪丝异乡游记》①里所说的空中里一个猫的笑脸。可是我们心里又晓得命运是自己，某一位文豪早已说过，“ 性格是命运”了！不管我们怎样似乎坦白地向朋友们，向自己痛骂自己的无能和懦弱，可是对于这个几十年来寸步不离，形影相依的自己怎能说没有怜惜，所以只好抓着空气，捏成一个莫名其妙的命运，把天下地上的一切可杀不可留的事情全归诿在他（照希腊神话说，应当称为她们）的身上，自己清风朗月般在旁学泼妇的骂街。屠格涅夫在他的某一篇小说里不是说过：Destiny makes everyman, and every man makes his own destiny.（命运定了一切人，然而一切人能够定他自己的命运。）

屠格涅夫，这位旅居巴黎，后来害了谁也不知道的病死去

① 今译《爱丽丝漫游奇境记》。

的老文人，从前我对他很赞美，后来却有些失恋了。他是一个意志薄弱的人，他最爱用微酸的笔调来描绘意志薄弱的人，我却也是个意志薄弱的人，也常在玩弄或者吐唾自己这种心性，所以我对于他的小说深有同感，然而太相近了，书上的字，自己心里的意思，颠来倒去无非意志薄弱这个概念，也未免太单调，所以我已经和他久违了。他在年轻时候曾跟一个农奴的女儿发生一段爱情，好像还产有一位千金，后来却各自西东了，他小说里也常写这一类飞鸿踏雪泥式的恋爱，我不幸得很或者幸得很却未曾有过这么一回事，所以有时倒觉得这个题材很可喜，这也是我近来又翻翻几本破旧尘封的他的小说集的动机。这几天偷闲读屠格涅夫，无意中却有个大发现，我对于他的敬慕也重新燃起来了。屠格涅夫所深恶的人是那班成功的人，他觉得他们都是很无味的庸人，而那班从娘胎里带来一种一事无成的性格的人们却多少总带些诗的情调。他在小说里凡是说到得意的人们时，常现出藐视的微笑和嘲侃的口吻。这真是他独到的地方，他用歌颂英雄的心情来歌颂弱者，使弱者变为他书里唯一的英雄，我觉得他这种态度是比单描写弱者性格，和同情于弱者的作家是更别致，更有趣得多。实在说起来，值得我们可怜的绝不是一败涂地的，却是事事马到功成的所谓幸运人们。

人们做事情怎么会成功呢？他必定先要暂时跟人世间一切别的事物绝缘，专心致志去干目前的勾当。那么，他进行得愈顺利，他对于其他千奇百怪的东西越离得远，渐渐对于这许多有意思的玩意儿感觉迟钝了，最后逃不了个完全麻木。若使当他干事情时，他还是那样子处处关心，事事牵情，一曝十寒地做去，他当然不能够有什么大成就，可是他保存了他的趣味，他没有变成个只能对于一个刺激生出反应的残缺的人。有一位批评家说，第一流诗人是不作诗的，这是极有道理的话。他们从一切目前的东西和心里的想象得到无限诗料，自己完全浸在诗的空气里，鉴赏之不暇，哪里还有找韵脚和配轻重音的时间呢？人们在刺心的悲哀里时是不会做悲歌的，Tennyson 的 *In Memoriam*①是在他朋友死后三年才动笔的。一生都沉醉于诗情中的绝代诗人自然不能写出一句的诗来。感觉钝迟是成功的代价，许多扬名显亲的大人物所以常是体广身胖，头肥脑满，也是出于心灵的空虚，无忧无虑麻木地过日。归根说起来，他们就是那么一堆肉而已。

人们对于自己的功绩常是带上一重放大镜。他不单是只看到这个东西，瞧不见春天的花草和街上的美女，他简直是攒到

---

① 即阿尔弗雷德·丁尼生的《悼念集》。

他的对象里面去了。也可说他太走近他的对象，冷不防地给他的对象一口吞下。近代人是成功的科学家，可是我们此刻个个都做了机械的奴隶，这件事聪明的Samuel Butler[①]六十年前已经屈指算出，在他的杰作《虚无乡》（*Erewhon*）里慨然言之矣。崇拜偶像的上古人自己做出偶像来跟自己打麻烦，我们这班聪明的，知道科学的人们都觉得那班老实人真可笑，然而我们费尽心机发明出机械，此刻它们翻脸无情，踏着铁轮来蹂躏我们了。后之视今，犹今之视昔，真不知道将来的人们对于我们的机械会作何感想，这是假设机械没有将人类弄得覆灭，人生这幕喜剧的悲剧还继续演着的话。总之，人生是多方面的，成功的人将自己的十分之九杀死，为的是要让那一方面尽量发展，结果是尾大不掉，虽生犹死，失掉了人性，变作世上一两件极微小的事物的祭品了。

世界里什么事一达到圆满的地位就是死刑的宣告。人们一切的痴望也是如此，心愿当真实现时一定不如蕴在心头时那么可喜。一件美的东西的告成就是一个幻觉的破灭，一场好梦的勾销。若使我们在世上无往而不如意，恐怕我们会烦闷得自杀了。逍遥自在的神仙的确是比监狱中终身监禁的犯人还苦得

① 塞缪尔·巴特勒（1835—1902），英国作家。

多。闭在黑暗房里的囚犯还能做些梦消遣，神仙们什么事一想立刻就成功，简直没有做梦的可能了。所以失败是幻梦的保守者，惘怅是梦的结晶，是最愉快的，洒下甘露的情绪。我们做人无非为着多做些依依的心怀，才能逃开现实的压迫，剩些青春的想头，来滋润这将干枯的心灵。成功的人们劳碌一生最后的收获是一个空虚，一种极无聊赖的感觉，厌倦于一切的胸怀，在这本无目的的人生里，若使我们一定要找一个目的来折磨自己，那么最好的目的是制作“空持罗带，回首恨依依”的心境。

第四章

人生是孤独的旷野，一路走一路失去，也一路拥有

登上桌子，
把小窗打开。
这小窗是通过人间的孔道：
楼顶，烟囱，
飞着雪沉重而浓黑的天空，
路灯，警察，街车，小贩，乞丐，
一切显现在这小孔道，
繁繁忙忙的市街发着响。

我为什么离开武汉

老舍

去年年底到了汉口。不想马上离开，也并不一定想住下。流亡者除了要跟着国旗走的决定而外，很难再有什么非这样或那样不可的主张。在汉口住了几日，长沙的友人便来信相约，可是在武昌华中大学的友人更是近水楼台，把我拉到他们的宿舍去。住了半个多月，冯焕章先生听到我已来到武昌，便派人来约，不但能给我一间屋子，而且愿供给我馒头与面条。这时候，华中已快放寒假，我的友人都预备回家，并且愿意带着我去。他们（都是江西人）要教我看看江西乡间的生活。我十分感激他们，可是愿留在武昌——卖稿子容易。与他们辞别，我便搬到冯先生那里去，流亡者有福了：华中大学是个美丽的地方，有树有花有草有鸟，还有大块的空地给我作运动场。友人们去上课，我便独在屋中写稿子，及至到了冯先生那里，照样的有树有花有草有鸟，并且院子很大，不但可以打拳踢腿，还可以跑百米而不用转弯。在华中有好友，这里的朋友更多。人多而不乱，我可以安心的读书写字。几个月中，能写出不少的文字来，实在因为得到了通空气的房屋，与清静的院宇，我感激友人们与冯先生！

武昌的春天是可怕的，风狂雨大，墙薄气冷，屋里屋外都是那么湿，那么冷，使我懒得出去，而坐在屋里也不舒服。可是，一件最可喜的事情使我心中热起来——文艺界的朋友越聚越多，而且有人来约发起文艺界抗敌协会了。冒着风雨，我们大家去筹备，一连开了许多次筹备会，大家都能按时到会，和和气气的商量。谁说文人相轻，谁说文人不能团结呢？！

在大时代中，专凭着看与听，是不能够了解它的，旁观者清，只是看清了事实的动态，而不能明白事态中人物的情感。看别人荷枪赴前线，并不能体念到战士的心情。要明白大时代，所以，必须在大时代中分担一部分工作。有了操作的经验与热情，而后才能认识时代一部分的真情真意。一部分自然与全面有异，可是认识了一座山峰，到底比瞪着眼看着千重雾岭强。因此，我既然由亡城逃出来，到了武汉，我就想做一点我所能做的，而且是有益于抗战的事。干什么去呢？最理想的当然是到军队里服务。在全面抗战中，一切工作都须统纳于抗战建国一语的里面；那么凡是能尽力于自己所长的工作，而为抗战之支持者，都是好汉。英雄不必都到前线去。能卖力气多收获一些东西，献纳给国家的，都是战士。可是，一提到抗战，人们总以为马上要到前线去，似乎只有到前线才能看到时代的真精神。这并不正确，可是人之常情往往如是。我也是这样，我一心想到前方去。我明知道，为写文章，哪里都可以：只要肯写，用不着挑选地方。可是为搜取材料和为满足自己那点自尊心，战地必胜于后方，所以还是往前去的为是。

但是，我去不了。我的身体弱。勤苦俭朴的生活我很能受；跟着军队去跑，食宿无定，我可是必会生病。一杯不开的水会使我肚痛，我怎能抵抗军队中一切的辛苦呢？！完了！没有强健的身体，简直不配生活在这伟大时代！我伤心，我诅咒自己！

伤心与自怨是没用的，人总会在无可如何中找到活下去的路子。学剑不成还可以去学书，不是吗？我决定停在武汉，写稿子，不再做赴前方的梦。写稿而外，我便为文艺协会跑腿。是的，“文协”成立了，我被举为理事。跑腿是惯做的事，一二十里路还难不倒我；我就是胃口不强，吃不消冷水残茶。况且，只要在都市中，即使走不动，还可以雇车呀；为“文协”而赔几个车钱是该当的。

的确跑了不少路。“文协”的会务，虽然不因为我的奔走而有什么发展，可是我心中好受了一点：既然赴前方工作是有心无力，那么找到了有心有力的事，像为“文协”跑腿，也就稍可自慰了。再说，因为办会务，能见到许许多多朋友，大家关切“文协”，热心帮忙，还不是可喜的事么？不错，许多年轻的朋友们分赴各战场去工作，使我看着眼馋。他们是多么可羡慕啊！穿着军衣，带着徽章，谦卑而又恳切地讲着前线的事实与问题！遇到他们，我几乎无话可说，可是我也必须报告给他们，“文协”怎么怎么了，并且约他们写工作报告，交与会刊发表。好吧，你们到前线去，我这不争气的只好在武汉为你们办理会务了。我这样安慰自己。

一边写文章，一边办理“文协”的事务，一直到了今年七月月尾。这时候，武汉已遭过两次大轰炸，疏散人口的宣传与实施也日紧一日。我赞成疏散人口，并且愿为这件事去宣传。可是，对于自己，我可没想到也有离开武汉的必要，仿佛我是与疏散人口这事实毫无关系的。轰炸，随便吧，炸不死就写稿子。炸弹有两次都落在离我不很远的地方。走，我想不到，我相信武汉永久不会陷落，我相信“文协”的朋友都愿继续工作，我相信到武汉受了更大威胁的时候，我与朋友们就能得到更多的工作。因此，我不能走，连想也不想一下，好像我是命定的该死在武汉，或是眼看着敌人在这里败溃下去。有些人已向我讨论迁移的问题了，我不大起劲。刚到武汉，我以留在武汉为耻；现在疏散人口了，我以离开武汉为耻。多住一天仿佛就多一分勇气与力量，其实我手无寸铁，并未曾冲锋陷阵去，也不能在保卫大武汉的工作中充一名壮丁。可怜的弱书生啊！

卫国是最实在的事。身，胆，心，智，四者都健壮充实，才能做个战士，空喊是没有用的，哀号更为可怜。我没有好的身体，一切便无须再说了。留在武汉？空有胆子是不中用的，有胆量的老鼠还能咬沉敌人的军舰么？我不想走，可是忽然的便上了船，多么可笑呢！

是的，我忽然就上了船。按着冯先生的意思，他要把我送到桂林去。他说：那里山水好，还有很好的地方住，去到那里写写文章倒不错。我十分感激他的善意，可是我并不愿意去；不是对桂林有什么成见，而是不肯离开武汉。紧跟着“文协”便开会了，讨论迁移的问题，几个理由，使大家决定把总会迁到重庆：（一）总会是全国性的，不必死守武汉。（二）理事与会员多数是有固定职业的，他们必随着供职的机关而离开武汉。各机关，各书局，各报馆，有的已经迁走，有的正预备移动。有人才能办事；人都走净，总会岂不只剩下一块牌子了么？即使有几个没职业的（像我自己）愿留在这里，还有什么用处呢？再说：（三）疏散人口，舟船不够用；机关里能设法索要或包雇船只，私人不会有此便利。一到战局紧急，交通工具都受统制，要走可就更加困难了。所以要走得赶快走。（四）政府是在重庆，“文协”不应与政府失去联系。书局与印刷所多数迁往重庆，“文协”的工作当然与这二者有密切关系，所以也当移往，以便继续工作。理事与会员散在各处者不少，可是哪里也没有在重庆的这么多，会务既当取决于多数人，到重庆自最妥当。

有上述的种种理由，总会迁往重庆遂成决议。谁代表总会去呢？有职业而必须与机关相进退者，也许能，也许不能到重庆去：就是恰巧能到重庆去，也须等着机关的命令，不能自由行动。而且，他们即使随着机关到了重庆，他们当然是先忙机关里的事，有余力才能顾及“文协”的会务。这样，总会必须委托没有职业的理事前往重庆，以期专办会务，像在武汉那样。理事，是理事，不是会员。因为理事对会务熟习，办事较易；而且被派往重庆者，路费统须自筹；理事，既是理事，虽穷而没法推辞，职务所在，理当赔钱；若派会员，可就不能这样不客气，虽然在办事上，无所谓理事与会员之分，本是共同努力。可是在议决案里不能不说得官样一些。

好了，我没职业，我是理事，而且担任总务，我得走！有钱买船票与否，我不敢问自己，以免减少对会务负责的勇气。

可是，我真不愿走！迁移之议既成，我还希望多延迟几天。我自己去访了几位最爱护“文协”的，而且在政府有地位的朋友，探听探听：假若我们不走，是不是可以得到些工作呢？不必是用笔的工作，教我们去救护被困的民众，或伺候伤兵，也行。心里想：只要有点门路，我就可以有话说，不上桂林，也不去重庆，而留在武汉。可是，我所得到的是：“还是走好。”完了，武汉不允许我住下去了。所以，忽然就上了船。既不能住，何不快走；船票不易得，抓到一张便须起身。流亡者的生活一半是在舟车之上，流亡者的命运也仿佛被车票与船票决定着。我离开汉口，挤在洋奴与鸦片鬼之间。洋奴赏给我不开的水数杯，抢去我“费心”五元；花了钱，换来了痢疾。没有强健身体的，不配活在这伟大时代。我既不能赴前线，又不能留在武汉；我只能用钱换来痢疾，在那充满鸦片烟味的船上。

初冬

萧红

初冬，我走在清凉的街道上，遇见了我的弟弟。

“莹姐，你走到哪里去？”

“随便走走吧！”

“我们去吃一杯咖啡，好不好，莹姐。”

咖啡店的窗子在帘幕下挂着苍白的霜层。我把领口脱着毛的外衣搭在衣架上。

我们开始搅着杯子铃啷的响了。

“天冷了吧！并且也太孤寂了，你还是回家的好。”弟弟的眼睛是深黑色的。

我摇了头，我说：“你们学校的篮球队近来怎么样？还活跃吗？你还很热心吗？”

“我掷筐掷得更进步，可惜你总也没到我们球场上来了。你这样不畅快是不行的。”

我仍搅着杯子，也许漂流久了的心情，就和离了岸的海水一般，若非遇到大风是不会翻起的。我开始弄着手帕。弟弟再向我说什么我已不去听清他，仿佛自己是沉坠在深远的幻想的井里。

我不记得咖啡怎样被我吃干了杯了。茶匙在搅着空的杯子时，弟弟说：“再来一杯吧！”

女侍者带着欢笑一般飞起的头发来到我们桌边，她又用很响亮的脚步摇摇的走了去。

也许因为清早或天寒，再没有人走进这咖啡店。在弟弟默默看着我的时候，在我的思想宁静得玻璃一般平的时候，壁间暖气管小小嘶鸣的声音都听得到了。

“天冷了，还是回家好，心情这样不畅快，长久了是无益的。”

“怎么！”

“太坏的心情与你有什么好处呢？”

“为什么要说我的心情不好呢？”

我们又都搅着杯子。有外国人走进来，那响着嗓子的、嘴不住在说的女人，就坐在我们的近边。她离得我越近，我越嗅到她满衣的香气，那使我感到她离得我更辽远，也感到全人类离得我更辽远。也许她那安闲而幸福的态度与我一点联系也没有。

我们搅着杯子，杯子不能像起初搅得发响了。街车好像渐渐多了起来，闪在窗子上的人影，迅速而且繁多了。隔着窗子，可以听到暗哑的笑声和暗哑的踏在行人道上的鞋子的声音。

“莹姐，”弟弟的眼睛深黑色的，“天冷了，再不能漂流下去，回家去吧！”

弟弟说：“你的头发这样长了，怎么不到理发店去一次呢？”我不知道为什么被他这话所激动了。

也许要熄灭的灯火在我心中复燃起来，热力和光明鼓荡着我：

“那样的家我是不想回去的。”

“那么漂流着，就这样漂流着？”弟弟的眼睛是深黑色的。他的杯子留在左手里边，另一只手在桌面上，手心向上翻张了开来，要在空间摸索着什么似的。最后，他是捉住自己的领巾。我看着他在抖动的嘴唇：“莹姐，我真担心你这个女浪人！”他牙齿好像更白了些，更大些，而且有力了，而且充满热情了。为热情而波动，他的嘴唇是那样的退去了颜色。并且他的全人有些近乎狂人，然而安静，完全被热情侵占着。

出了咖啡店，我们在结着薄碎的冰雪上面踏着脚。

初冬，早晨的红日扑着我们的头发，这样的红光使我感到欣快和寂寞。弟弟不住的在手下摇着帽子，肩头耸起了又落下了；心脏也是高了又低了。

渺小的同情者和被同情者离开了市街。

停在一个荒败的枣树园的前面时，他突然把很厚的手伸给了我，这是我们要告别了。

“我到学校去上课！”他脱开我的手，向着我相反的方向背转过去。可是走了几步，又转回来：

“莹姐，我看你还是回家的好！”

“那样的家我是不能回去的，我不愿意受和我站在两极端的父亲的豢养……”

“那么你要钱用吗？”

“不要的。”

“那么，你就这个样子吗？你瘦了！你快要生病了！你的衣服也太薄啊！”弟弟的眼睛是深黑色的，充满着祈祷和愿望。我们又握过手，分别向不同的方向走去。

太阳在我的脸面上闪闪耀耀。仍和未遇见弟弟以前一样，我穿着街头，我无目的的走。寒风，刺着喉头，时时要发作小小的咳嗽。

弟弟留给我的是深黑色的眼睛，这在我散漫与孤独的流荡人的心板上，怎能不微温了一个时刻？

1935年初冬

雪天

萧红

我直直是睡了一个整天，这使我不能再睡。小屋子渐渐从灰色变作黑色。

睡得背很痛，肩也很痛，并且也饿了。我下床开了灯，在床沿坐了坐，到椅子上坐了坐，扒一扒头发，揉擦两下眼睛，心中感到幽长和无底，好像把我放下一个煤洞去，并且没有灯笼，使我一个人走沉下去。屋子虽然小，在我觉得和一个荒凉的广场样，屋子墙壁离我比天还远，那是说一切不和我发生关系；那是说我的肚子太空了！

一切街车街声在小窗外闹着。可是三层楼的过道非常寂静。每走过一个人，我留意他的脚步声，那是非常响亮的，硬底皮鞋踏过去，女人的高跟鞋更响亮而且焦急，有时成群的响声，男男女女穿插着过了一阵。我听遍了过道上一切引诱我的声音，可是不用开门看，我知道郎华还没回来。

小窗那样高，囚犯住的屋子一般，我仰起头来，看见那一些纷飞的雪花从天空忙乱的跌落，有的也打在玻璃窗片上，即刻就消融了，变成水珠滚动爬行着，玻璃窗被它画成没有意义、无组织的条纹。

我想：雪花为什么要翩飞呢？多么没有意义！忽然我又想：我不也是和雪花一般没有意义吗？坐在椅子里，两手空着，什么也不做；口张着，可是什么也不吃。我十分和一架完全停止了的机器相像。

过道一响，我的心就非常跳，那该不是郎华的脚步？一种穿软底鞋的声音，嚓嚓来近门口，我仿佛是跳起来，我心害怕：他冻得可怜了吧？他没有带回面包来吧？

开门看时，茶房站在那里：

“包夜饭吗？”

“多少钱？”

“每份六角。包月十五元。”

“……”我一点都不迟疑的摇着头，怕是他把饭送进来强迫我吃似的，怕他强迫向我要钱似的。茶房走出，门又严肃的关起来。一切别的房中的笑声，饭菜的香气都断绝了，就这样用一道门，我与人间隔离着。

一直到郎华回来，他的胶皮底鞋擦在门槛，我才止住幻想。茶房手上的托盘，盛着肉饼、炸黄的番薯、切成大片有弹力的面包……

郎华的夹衣上那样湿了，已湿的裤管拖着泥。鞋底通了孔，使得袜也湿了。

他上床暖一暖，脚伸在被子外面，我给他用一张破布擦着脚上冰凉的黑圈。

当他问我时，他和呆人一般，直直的腰也不弯：

“饿了吧？”

我几乎是哭了。我说：“不饿。”为了低头，我的脸几乎接触到他冰凉的脚掌。

他的衣服完全湿透，所以我到马路旁去买馒头。就在光身的木桌上，刷牙缸冒着气，刷牙缸伴着我们把馒头吃完。馒头既然吃完，桌上的铜板也要被吃掉似的。他问我：

“够不够？”

我说：“够了。”我问他：“够不够？”

他也说：“够了。”

隔壁的手风琴唱起来，它唱的是生活的痛苦吗？手风琴凄凄凉凉的唱呀！

登上桌子，把小窗打开。这小窗是通过人间的孔道：楼顶，烟囱，飞着雪沉重而浓黑的天空，路灯，警察，街车，小贩，乞丐，一切显现在这小孔道，繁繁忙忙的市街发着响。

隔壁的手风琴在我们耳里不存在了。

永远的憧憬和追求

萧红

一九一一年，在一个小县城里边，我生在一个小地主的家里。那县城差不多就是中国的最东最北部——黑龙江省——所以一年之中，倒有四个月飘着白雪。

父亲常常为着贪婪而失掉了人性。他对待仆人，对待自己的儿女，以及对待我的祖父都是同样的吝啬而疏远，甚至于无情。

有一次，为着房屋租金的事情，父亲把房客的全套的马车赶了过来。房客的家属们哭着诉说着，向我的祖父跪了下来，于是祖父把两匹棕色的马从车上解下来还了回去。

为着这匹马，父亲向祖父起着终夜的争吵。“两匹马，咱们是算不了什么的，穷人，这匹马就是命根。”祖父这样说着，而父亲还是争吵。

九岁时，母亲死去。父亲也就更变了样，偶然打碎了一只杯子，他就要骂到使人发抖的程度。后来就连父亲的眼睛也转了弯，每从他的身边经过，我就像自己的身上生了针刺一样；他斜视着你，他那高傲的眼光从鼻梁经过嘴角而后往下流着。

所以每每在大雪中的黄昏里，围着暖炉，围着祖父，听着祖父读着诗篇，看着祖父读着诗篇时微红的嘴唇。

父亲打了我的时候，我就在祖父的房里，一直面向着窗子，从黄昏到深夜——窗外的白雪，好像白棉花一样飘着；而暖炉上水壶的盖子，则像伴奏的乐器似的振动着。

祖父时时把多纹的两手放在我的肩上，而后又放在我的头上，我的耳边便响着这样的声音：

“快快长吧！长大就好了。”

二十岁那年，我就逃出了父亲的家庭。直到现在还是过着流浪的生活。

“长大”是“长大”了，而没有“好”。

可是从祖父那里，知道了人生除掉了冰冷和憎恶而外，还有温暖和爱。

所以我就向这“温暖”和“爱”的方面，怀着永久的憧憬和追求。

孩子的讲演

萧红

这一个欢迎会，出席的有五六百人，站着的，坐着的，还有挤在窗台上的。这些人多半穿着灰色的制服，因为除了教授之外，其余的都是这学校的学生，而被欢迎的则是另外一批人，这小讲演者就是被欢迎之中的一个。

第一个上来了一个花胡子的，两只手扶着台子的边沿，好像山羊一样，他垂着头讲话。讲了一段话，而后把头抬了一会，若计算起来大概有半分钟。在这半分钟之内，他的头特别向前伸出，会叫人立刻想起在图画上曾看过的长颈鹿。等他的声音再一开始，连他的颈子，连他额上的皱纹都一齐摇震了一下，就像有人在他的背后用针刺了他的样子。再说他的花胡子，虽然站在这大厅的最末的一排，也能够看到是已经花的了。因为他的下巴过于喜欢运动，那胡子就和什么活的东西挂在他的下巴上似的，但他的胡子可并不长。

“……他……那人说的是什么？为什么这些人都笑！”

在掌声中人们就笑得哄哄的，也用脚擦着地板。因为这大厅四面都开着窗子，外边的风声和这几百人的哄声，把别的一切会发响的都止息了；咳嗽声，剥着落花生的声音，还有别的悉悉索索的从群众发出来的特有的声音，也都听不见了。

当然那孩子问的也没有人听见。

“告诉我！笑什么……笑什么……”他拉住了他旁边的那女同志，他摇着她的胳臂。

“可笑呵……笑他滑稽，笑他那样子。”那女同志一边用手按住嘴，一边告诉那孩子，“你看吧……在那边，在那个桌子角上还没有坐下来呢……他讲演的时候，他说日本人呵哈你们说，你们说……中国人呵哈，你们说，你们说……高丽人呵哈……你们说，你们说……你们说，你们说，他说了一大串呀……”

那孩子站起来看看，他是这大厅中最小的一个，大概也没看见什么，就把手里剥好的花生米放在嘴里，一边嚼着一边拍着那又黑又厚的小肥手掌，等他团体里的人叫着：

“王根！小王根……”

他才缩一缩脖颈，把眼睛往四边溜一下，接着又去吃落花生，吃别的在风沙地带所产的干干的果子，吃一些混着沙土的点心和芝麻糖。

王根他记得从出生以来，还没有这样大量的吃过。虽然他从加入了战地服务团，在别处的晚会或欢迎会上也吃过糖果，但没有这样多并且也没有这许多人，所以他回想着刚才他排着队来赴这个欢迎会路上的情景。他越想越有意思，比方那高高的城门楼子，走在城门楼子里说话那种空洞的声音，一出城门楼子，就看到那么一个圆圆的月亮，而且可以随时听到满街的歌声，这些歌子他也都会唱。并且他还骄傲着，他觉得他所会的歌比他所听到的还多着哩！他还会唱小曲子，还会打莲花落……这些都是来到战地服务团里学的。

“……别看我年纪小，抗日的道理可知道得并不少……唖登唖……唖登唖……”他在冒着尘土的队尾上，偷着用脚尖转了个圈，他一边走路一边做着唱莲花落时的姿势。

现在他又吃着这许多东西，又看着这许多人。他的柔和的眼光，好像幼稚的兔子在它幸福饱满的时候所发出的眼光一样。

讲演者一个接着一个，女讲演者，老讲演者，多数的是年轻的讲演者。

由于开着窗子和门的关系，所有的讲演者的声音，都不十分响亮，平凡的，拖长的……因为那些所讲的悲惨的事情都没有变样，一个说日本帝国主义，另一个也说日本帝国主义。那些过于庄严的脸孔，在一个欢迎会是不大相宜。只有蜡烛的火苗抖擞得使人起了一点宗教感，觉得客人和主人都是虔诚的。

被欢迎的宾客是一个战地服务团。当那团里的几个代表讲演完毕，一阵暴风雨似的掌声。不知道是谁提议叫孩子王根也走上讲台。

王根发烧了，立刻停止了所吃的东西，血管里的血液开始不平凡的流动起来。好像全身就连耳朵都侵进了虫子，热，昏花。他对自己的讲演，平常很有把握，在别的地方也说过几次话，虽然不能够证明自己的声音大小，但是并不恐惧，就像在台上唱莲花落时一样没有恐惧。这次他也并不是恐惧，因为这地方人多，又都是会讲演的，他想他特别要说得好一点。

他没有走上讲台去，人们就使他站上他的木凳。

于是王根站上了自己的木凳。

人们一看到他就喜欢他。他的小脸一边圆圆的红着一块，穿着短小的，好像小兵似的衣服，戴着灰色的小军帽。他一站上木凳来，第一件事是把手放在帽檐前行着军人的敬礼。而后为着稳定一下自己，他还稍稍的站了一会，还向四边看看。他刚开口，人们禁止不住对他贯注的热情就笑了起来。这种热情并不怎样尊敬他，多半把他看成一个小玩物，一种蔑视的爱起浮在这整个的大厅。

“你也会讲演吗，你这孩子……你这小东西……”人们都用这种眼光看着他，并且张着嘴，好像要吃了他，他全身都热起来了。

王根刚一开始，就听到周围哄哄的笑声，他把自己检点了一下：

“是不是说错啦？”因为他一直还没有开口。

他证明自己没有说错，于是，接着说下去，他说他家在赵城……

“我离开家的时候，我家还剩三个人，父亲、母亲和妹妹，现在赵城被敌人占了，家里还有几个人，我就不知道了。我跑到服务团来，父亲还到服务团来找我回家。他说母亲让我回去，母亲想我。我不回去，我说日本鬼子来把我杀了，还想不想？我就在服务团里当了勤务，我太小，打日本鬼子不分男女老幼。我当勤务，在宣传的时候我也上台唱莲花落……”

又当勤务，又唱莲花落，不但没有人笑，不知为什么反而平静下去，大厅中人们的呼吸和游丝似的轻微。蜡烛在每张桌上抖擞着，人们之中有的咬着嘴唇，有的咬着指甲，有的把眼睛掠过人头而投视着窗外。站在后边的那一堆灰色的人，就像木刻图上所刻的一样，笨重，粗糙，又是完全一类型。他们的眼光都像反映在海面上的天空那么深沉，那么无底。窗外则站着更冷静的月亮。

那稀薄的白色的光，扫遍着全院子的房顶，就是说扫遍了全个学校的校舍。它停在古旧的屋瓦上，停在四周的围墙上。在风里边卷着的沙土和寒带的雪粒似的，不住的扫着墙根，扫着纸窗，有时更弥补了阶前房后不平的坑坑洼洼。

一九三八年的春天，月亮行走在山西的某一座城上，它和每年的春天一样。但是今夜它在一个孩子的面前做了一个伟大的听众。

那稀薄的白光就站在门外五尺远的地方，从房檐倒下来的影子，切了整整齐齐的一排花纹横在大厅的后边。

大厅里像排着什么宗教的仪式。

小讲演者虽然站在凳子上，并不比人高出多少。

“父亲让我回家，我不回家，让我回家，我……不回家……我就在服务团里当了勤务，我就当了服务团里的勤务。”

他听到四边有猛烈的鼓掌的声音，向他潮水似的涌来，他就心慌起来，他想他的讲演还没有完，人们为什么鼓掌？或者是说错了！又想，没有错，还不是有一大段吗？还不是有日本帝国主义没有加上吗？他特别用力镇定着自己，把手插进口袋去，他的肚子好像胀了起来，向左边和右边摇了几下，小嘴好像含着糖球胀得圆圆的。

“我当了勤务……当了服务团里的勤务……我……我……”

人们接着掌声，就来了笑声，笑声又接起着掌声。王根说不下去了。他想一定是自己出了笑话，他要哭。他想马上发现出自己的弱点以便即刻纠正。但是不成，他只能在讲完之后，才能检点出来，或者是衣服的不齐整，或者是自己的呆样子。他不能理解这笑是人们对他多大的爱悦。

“讲下去呀！王根……”他本团的同志喊着他。

“日本帝国主义……日本鬼子。”他就像喝过酒的孩子，从木凳上跌落下来的一样。

他的眼泪已经浸上了睫毛，他什么也看不见，他不知道他是站在什么地方，他不知道他自己是在做什么。他觉得就像玩着的时候，从高处跌落下来一样的瘫软，他觉得自己的手肥大到可怕而举不动的程度。当他用手背揩抹着滚热的眼泪的时候。

人们的笑声更不可制止了。看见他哭了。

王根想：这讲演是失败了，完了，光荣在他完全变成了懊悔，而且是自己破坏了自己的光荣。他没有勇气再作第三次的修正，他要从木凳坐下来。他刚一开始弯曲他的膝盖，就听到人们向他呼喊。

“……讲得好，别哭啊……再讲再讲……没有完，没有完……”

其余的别的安慰他的话，他就听不见了。他觉得这都是嘲笑。于是更感到自己的耻辱，更感到不可逃避，他几乎哭出声来，他便自跌到不知道是什么人的怀里大哭起来。

这天晚上的欢迎会，一直继续到半夜。

王根再也不吃摆在他面前的糖果了。他把头压在桌边上，就像小牛把头撞在栏栅上那么粗蛮，他手里握着一个红色上面带着黄点的山楂。那山楂就像用热水洗过的一样。当他用右手抹着眼泪的时候，那小果子就在左手的手心里冒着气，当他用左手抹着眼泪的时候，那山楂就在他右手的手心里冒着气。

为什么人家笑呢？他自己还不大知道，大概是自己什么地方说错了，可是又想不起来。好比家住在赵城，这没有错。来到服务团，也没有错。当了勤务也没有错，打倒日本帝国主义也没说错……这他自己也不敢确信了。因为那时候在笑声中，把自己实在闹昏了。

退出大厅时，王根照着来时的样子排在队尾上，这回在路上他没有唱莲花落，他也没有听到四处的歌声，但也实在是静了。只有脚下踢起来的尘土还是冒着烟儿的。

这欢迎会开过了，就被人们忘记了，若不去想，就像没有这么回事存在过。

可是在王根，一个礼拜之内，他常常从夜梦里边坐起来。但永远梦到他讲演，并且每次讲到他当勤务的地方，就讲不下去了。于是他怕，他想逃走，可是总逃走不了，于是他叫喊着醒来了。和他同屋睡觉的另外两个比他年纪大一点的小勤务的鼾声，证明了他自己也和别人一样的在睡觉，而不是在讲演。

但是那害怕的情绪，把他在小床上缩作了一个团子，就仿佛在家里的时候，为着夜梦所恐惧缩在母亲身边一样。

“妈妈……”这是他往日自己做孩子时候的呼喊。

现在王根一点声音也没有就又睡了。虽然他才九岁，因为他做了服务团的勤务，他就把自己也变作大人。

一九三八年十月

天目山中笔记

徐志摩

佛于大众中　说我当作佛　闻如是法音　疑悔悉已除

初闻佛所说　心中大惊疑　将非魔作佛　恼乱我心耶

——莲华经譬喻品

山中不定是清静。庙宇在参天的大木中间藏着，早晚间有的是风，松有松声，竹有竹韵，鸣的禽，叫的虫子，阁上的大钟，殿上的木鱼，庙身的左边右边都安着接泉水的粗毛竹管，这就是天然的笙箫，时缓时急的掺和着天空地上种种的鸣籁。静是不静的；但山中的声响，不论是泥土里的蚯蚓叫或是轿夫们深夜里“唱宝”的异调，自有一种个别处：它来得纯粹，来得清亮，来得透彻，冰水似的沁入你的脾肺；正如你在泉水里洗濯过后觉得清白些，这些山籁，虽则一样是音响，也分明有洗净的功能。

夜间这些清籁摇着你入梦，清早上你也从这些清籁的怀抱中苏醒。

山居是福，山上有楼住更是修得来的。我们的楼窗开处是一片蓊葱的林海，林海外更有云海！日的光，月的光，星的光：全是你的。从这三尺方的窗户你接受自然的变幻，从这三尺方的窗户你散放你情感的变幻。自在，满足。

今早梦回时睁眼见满帐的霞光。鸟雀们在赞美，我也加入一份。它们的是清越的歌唱，我的是潜深一度的沉默。

钟楼中飞下一声洪钟，空山在音波的磅礴中震荡。这一声钟激起了我的思潮。不，潮字太夸；说思流罢。耶教[1]人说阿门，印度教人说“欧姆”（O——m），与这钟声的嗡嗡，同是从撮口外摄到合口内包的一个无限的波动：分明是外扩，却又是内潜；一切在它的周缘，却又在它的中心；同时是皮又是核，是轴亦复是廓。这伟大奥妙的“om”使人感到动，又感到静；从静中见动，又从动中见静。从安住到飞翔，又从飞翔回复安住；从实在境界超入妙空，又从妙空化生实在：

闻佛柔软音，深远甚微妙。

多奇异的力量！多奥妙的启示！包容一切冲突性的现象，扩大刹那间的视域，这单纯的音响，于我是一种智灵的洗净。

---

① 即基督教。

花开，花落，天外的流星与田畦间的飞萤，上绾云天的青松，下临绝海的巉岩，男女的爱，珠宝的光，火山的溶液，一如婴儿在它的摇篮中安眠。

这山上的钟声是昼夜不间歇的，平均五分钟时一次。打钟的和尚独自在钟头上住着，据说他已经不间歇的打了十一年钟，他的愿心是打到他不能动弹的那天。钟楼上供着菩萨，打钟人在大钟的一边安着他的“座”，他每晚是坐着安神的，一只手挽着钟槌的一头，从长期的习惯，不叫睡眠耽误他的职司。“这和尚，”我自忖，“一定是有道理的！和尚是没道理的多；方才那知客僧想把七窍蒙充六根，怎么算总多了一个鼻孔或是耳孔；那方丈师的谈吐里不少某督军与某省长的点缀；哪管半山亭的和尚更是贪嗔的化身，无端摔破了两个无辜的茶碗。但这打钟和尚，他一定不是庸流不能不去看看！”他的年岁在五十开外，出家有二十几年，这钟楼，不错，是他管的，这钟是他打的（说着他就过去撞了一下），他每晚，也不错，是坐着安神的，但此外，可怜，我的俗眼竟看不出什么异样。他拂拭着神龛，神座，拜垫，换上香烛，掇一盂水，洗一把青菜，捻一把米，擦干了手接受香客的布施，又转身去撞一声钟。他脸上看不出修行的清癯，却没有失眠的倦态，倒是满满的不时有笑容的展露。念什么经？不，就念阿弥陀佛，他竟许是不认识字的。“那一带是什么山，叫什么，和尚？”

“这里是天目山。”他说。

“我知道，我说的是哪一带的。”我手点着问。

“我不知道。”他回答。

山上另有一个和尚，他住在更上去昭明太子读书台的旧址，盖着几间屋，供着佛像，也归庙管的，叫作茅棚。但这不比得普陀山上的真茅棚，那看了怕人的，坐着或是偎着修行的和尚没一个不是鹄形鸠面，鬼似的东西。他们不开口的多，你爱布施什么就放在他跟前的篓子或是盘子里，他们怎么也不睁眼，不出声，随你给的是金条或是铁条。人说得更奇了。有的半年没有吃过东西，不曾挪过窝，可还是没有死，就这冥冥的坐着。他们大约离成佛不远了，单看他们的脸色，就比石片泥土不差什么，一样这黑刺刺，死僵僵的。

“内中有几个，”香客们说，“已经成了活佛，我们的祖母早三十年来就看见他们这样坐着的！”

但天目山的茅棚以及茅棚里的和尚，却没有那样的浪漫出奇。茅棚是尽够蔽风雨的屋子，修道的也是活鲜鲜的人，虽则他并不因此减却他给我们的趣味。他是一个高身材、黑面目，行动迟缓的中年人；他出家将近十年，三年前坐过禅关，现在这山上茅棚里来修行；他在俗家时是个商人，家中有父母兄弟姊妹，也许还有自身的妻子；他不曾明说他中年出家的缘由，他只说“俗业太重了，还是出家从佛的好”。但从他沉着的语音与持重的神态中可以觉出他不仅是曾经在人事上受过磨折，并且是在思想上能分清黑白的人。他的口，他的眼，都泄漏着他内里强自抑制，魔与佛交斗的痕迹；说他是放过火杀过人的忏悔者，可信；说他是个回头的浪子，也可信。他不比那钟楼上人的不着颜色，不露曲折。他分明是色的世界里逃来的一个囚犯。三年的禅关，三年的草棚，还不曾压倒，不曾灭净，他肉身的烈火。“俗业太重了，不如出家从佛的好”，这话里岂不战栗着一往忏悔的深心？我觉着好奇，我怎么能得知他深夜趺坐时意念的究竟？

佛于大众中　说我当作佛　闻如是法音　疑悔悉已除
初闻佛所说　心中大惊疑　将非魔作佛　恼乱我心耶

但这也许看太奥了。我们承受西洋人生观洗礼的，容易把做人看太积极，入世的要求太猛烈，太不肯退让，把住这热乎乎的一个身子一个心放进生活的轧床去，不叫他留存半点汁水回去；非到山穷水尽的时候，决不肯认输，退后，收下旗帜；并且即使承认了绝望的表示，他往往直接向生存本体的取决，不来半不阑珊的收回了步子向后退：宁可自杀，干脆的生命的断绝，不来出家，那是生命的否认。不错，西洋人也有出家做和尚做尼姑的，例如亚佩腊①与爱洛绮丝②。但在他们是情感方面的转变，原来对人的爱移作对上帝的爱，这知感的自体与它的活动依旧不含糊的在着；在东方人，这出家是求情感的消灭，皈依佛法或道法，目的在自我一切痕迹的解脱。再说，这出家或出世的观念的老家，是印度不是中国，是跟着佛教来的；印度可能会发生这类思想，学者们自有种种哲理上乃至物理上的解释，也尽有趣味的。中国何以能容留这类思想，并且在实际上出家做尼僧的今天不比以前少（我新近一个朋友差一点做了小和尚！），这问题正值得研究，因为这分明不仅仅是个知识乃至意识的浅深问题，也许这情形尽有极有趣味的解释的可能，我见闻浅，不知道我们的学者怎样想法，我愿意领教。

十五年③九月

---

① 亚佩腊，今译“阿伯拉尔”（1079—1142），指彼得·阿伯拉，中世纪法兰西经院哲学家。曾在巴黎等地办校讲授哲学。

② 爱洛绮丝，今译“爱洛伊丝”，12世纪的一位法国修女，因与她的老师阿伯拉尔恋爱而导致一场悲剧。

③ 民国十五年，即1926年。

独白

老舍

没有打旗子的，恐怕就很不易唱出文武带打的大戏吧？所以，我永不轻看打旗子的弟兄们。假若这只是个人的私见，并非公论，那么自己就得负责检讨自己，找出说这话的原因。噢，原来自己就是个打旗子的啊！虽然自己并没有在戏台上跑来跑去，可是每日用笔在纸上乱画，始终没写出一篇惊人的东西，不也就等于打旗子吗？

票友有没有专学打旗子的？大概没有；至少是我自己还没见过。那么，打旗子的恐怕——即使有例外——多数都是职业的。凭本事挣饭吃，且不提光荣与否，实在不是件容易的事；因此，我不敢轻看戏台上的龙套，也就不便自惭无能，终日在文艺台上幌来幌去，而唱不出一句来。

天才是什么？我分析不上来。怎么能得到它？也至今还未晓得。所以，顶好暂不提它。经验，我可是知道，确是可以从努力中获得，而努力与否是全靠自己的。努力而仍不成功，也许是限于天才，石块不能变成金子，即使放在炉中依法锻炼。但是，努力必有进步，或者连天才者也难例外；那么，努力总会没错儿。于是，我就这样安慰自己，勉励自己：努力呀，打旗子的！是不是打末旗的可以升为打头旗的？我不知道戏班子里的规矩。在文艺台上，至今还没有明文规定升格的办法；假若自己肯努力，也许能往前进一步吧？即使连这在事实上也还难以办到，好，我在心理上抱定此旨，还不行吗？干脆一句话，努力就是了，管它什么！

这样，能产生伟大的作品吗？不知道！这样，不害羞自己永远庸庸碌碌吗？没关系！不偷懒，不自馁，不自满，我呀，我只求因努力而能稍稍进步！再进一万步，也许我还摸不着伟大的边儿，那有什么关系呢？努力是我所能的，所应该的；在梦中我曾变为莎士比亚，可惜那只是个梦呀！

文学与人生

梁遇春

在普通当作教本用的文学概论批评原理这类书里，开章明义常说文学是一面反映人生最好的镜子，由文学我们可以更明白地认识人生。编文学概论这种人的最大目的在于平妥无疵，所以他的话老是不生不死似是而非的，念他书的人也半信半疑，考试一过早把这些套话丢到九霄云外了；因此这般作者居然能够无损于人，有益于己地写他那不冷不热的文章。可是这两句话却特别有效力，凡是看过一本半册文学概论的人都大声地嚷着由文学里我们可以特别明白地认识人生。言下之意自然是人在世界上所最应当注意的事情无过于认清人生，文学既是认识人生唯一的路子，那么文学在各种学术里面自然坐了第一把交椅，学文学的人自然……

这并不是念文学的人虚荣心特别重，那个学历史的人不说人类思想行动不管古今中外全属历史范围；那个研究哲学的学生不睥睨地说在人生根本问题未解决以前，宇宙神秘还是个大谜时节，一切思想行动都找不到根据。法科学生说人是政治动物；想做医生的说，生命是人最重要东西；最不爱丢文的体育家也忽然引起拉丁说健全的思想存在健全的身体里。中国是农业国家这句老话是学农业的人的招牌，然而工业学校出身者又在旁微笑着说“现在是工业世界”。学地质的说没有地球，安有我们。数学家说远些把Protagoras①抬出说数是宇宙的本质，讲近些引起罗素数理哲学。就是温良恭俭让的国学先生们也说要读书必先识字，要识字就非跑到什么《说文》戴东原书里去过活不可。与世无涉，志于青云的天文学者啧啧赞美宇宙的伟大，可怜地球的微小，人世上各种物事自然是不肯去看的。孔德排起学术进化表来，把他所创设的社会学放在最高地位。拉提琴的人说音乐是人类精神的最高表现。

总而言之，统而言之，这块精神世界的地盘你争我夺，谁也睁着眼睛说“请看今日之域中，究是谁家之天下”。然而对这种事也用不着悲观。风流文雅的王子不是在几千年前说过“文人相轻，自古已然”。可惜这种文力统一的梦始终不能实现，恐怕是永久不能实现。所以还是打开天窗说亮话罢。若使有学文学的伙计们说这是长他人意气，灭自己威风，则只有负

① 普罗塔哥拉（前481—约前411），古希腊哲学家。

荆谢罪，一个办法；或者拉一个死鬼来挨骂。

在Conrad[①]自己认为最显露地表现出他性格的书，《人生与文学》（*Notes on Life and Letters*）里，他说："文学的创造不过是人类动作的一部分，若使文学家不完全承认别的更显明的动作的地位，他的著作是没有价值的。这个条件，文学家，——特别在年青时节——很常忘记，而倾向于将文学创造算作比人类一切别的创作的东西都高明。一大堆诗文有时固然可以发出神圣的光芒，但是在人类各种努力的总和中占不得什么特别重要的位置。"Conrad虽然是个对于文学有狂热的人，因为他是水手出身，没有进过文学讲堂，所以说话还保存些老舟子的直爽口吻。

文学到底同人生关系怎么样？文学能够不能够，丝毫毕露地映出人生来呢？大概有人会说浪漫派捕风捉影。在空中建起八宝楼台，痴人说梦，自然不能同实际人生发生关系。写实派脚踏实地，靠客观的观察，来描写，自然是能够把生活画在纸上。但是天下实在没有比这个再错的话。文学无非叙述人的精神经验（述得确实不确实又是一个问题），色欲利心固然是人性一部分，而向渺茫处飞翔的意志也是构成我们生活的一个重

① 约瑟夫·康拉德（1857—1924），英国小说家。

要成分。梦虽然不是事实，然而总是我们做的梦，所以也是人生的重要部分。天下不少远望着星空，虽然走着的是泥泞道路的人，我们不能因为他满身尘土，就否认他是爱慕闪闪星光的人。我们只能说梦是与别东西不同，而不能否认它的存在，写梦的人自然可以算是写人生的人。Hugo[①]说过“你说诗人是在云里的，可是雷电也是在云里的”。世上没有人否认雷电的存在，多半人却把诗人的话，当作镜花水月。当什么声音都没有的深夜里，清冷的月色照着旷野同山头，独在山脚下徘徊的人们免不了会可怜月亮的凄凉寂寞，望着眠在山上的孤光，自然而然想月亮对于山谷是有特别情感的。这实是人们普通的情绪，在我们生活中占有重要位置的。Keats[②]用他易感的心灵，把这情绪具体化，利用希腊神话里月亮同牧羊人爱情故事，歌咏成他第一首长诗*Endymion*[③]。好多追踪理想的人一生都在梦里过去，他们的生活是梦的，所以只有渺茫灿烂的文字才能表现出他们的生活。

---

① 维克多·雨果（1802—1885），法国作家。

② 约翰·济慈（1795—1821），英国诗人。

③《恩底弥翁》。

Wordsworth[①]说他少时常感觉到自己同宇宙是分不开的整个，所以他有时要把墙摸一下，来使他自己相信有外界物质的存在；普通人所认为虚无乡，在另一班看来倒是唯一的实在。无论多么实事求是抓着现在的人晚上也会做梦的。我们一生中一半光阴是做梦，而且还有白天也做梦的。浪漫派所写的人生最少也是人生的大部分，人们却偏说是无中生有，这也是无可奈何的事。但是我们虽然承认浪漫文学不是镜里自己生出来的影子，是反映外面东西，我们对它照得精确不，却大大怀疑。可是所谓写实派又何曾是一点不差地描摹人生，作者的个人情调杂在里面绝不会比浪漫作家少。

法国大批评家Amiel说："所谓更客观的作品不过是一个客观性比别人多些的心灵的表现，就是说他在事物面前能够比别人更忘记自己；但是他的作品始终是一个心灵的表现。"曼殊斐儿[②]的丈夫Middleton Murry[③]在他的《文体问题》（*The Problem of Style*）里说："法国的写实主义者无论怎样拚命去压下他自己的性格，还是不得不表现出他的性格。只要你真是

---

① 威廉·华兹华斯（1770—1850），英国诗人。

② 今译"曼斯菲尔德"（1888—1923），即凯瑟琳·曼斯菲尔德，英国女作家。

③ 约翰·米德尔顿·默里（1889—1957），英国作家、文学批评家。

个艺术家，你绝不能做一个没有性格的文学艺术家。”真的，不止浪漫派作家每人都有一个特别世界排在你眼前，写实主义者也是用他的艺术不知不觉间将人生的一部分拿来放大着写。

让我们拣三个艺术差不多，所写的人物也差不多的近代三个写实派健将Maupassant[①]，Chekhov[②]，Bennett[③]来比较。Chekhov有俄国的Maupassant这个外号，Bennett在他《一个文学家的自传》（*The Truth about an Author*）里说他曾把Maupassant当作上帝一样崇拜，他的杰作是读了Maupassant的《一生》（*Une Vie*）引起的。他们三个既然于文艺上有这么深的关系，若使写实文学真能超客观地映出人生，那么这三位文豪的著作应当有同样的色调，可是细心地看他们的作品，就发现他们有三个完全不同的世界。Maupassant冷笑地站在一边袖手旁观，毫无同情，所以他的世界是冰冷的；Chekhov的世界虽然也是灰色，但是他却是有同情的，而他的作品也比较地温暖些，有时怜悯的眼泪也由这隔江观火的世态旁观者眼中流下。Bennett描写制陶的五镇人物更是怀着满腔热血，不管是怎么客观地形容，乌托邦的思

---

① 居伊·德·莫泊桑（1850—1893），法国作家。

② 安东·巴甫洛维奇·契诃夫（1860—1904），俄国作家。

③ 阿诺德·本涅特（1867—1931），英国作家。

想不时还露出马脚来。由此也可见写实派绝不能脱开主观的，所以三面的镜子，现出三个不同的世界。或者有人说他们各表现出人生的一面，然而当念他们书时节我们真真觉得整个人生是这么一回事；他们自己也相信人生本相这样子的。

说了一大阵，最少总可证明文学这面镜子是凸凹靠不住的，而不能把人生丝毫不苟地反照在上面。许多厌倦人生的人们，居然可以在文学里找出一块避难所来安慰，也是因为文学里的人生同他们所害怕的人生不同的缘故。

假设文学能够诚实地映出人生，我们还是不容易由文学里知道人生。纸上谈兵无非是秀才造反。Tennyson[①]有一首诗*The Lady of Shalott*[②]很可以解释这一点。诗里说一个住在孤岛之贵女，她天天织布，布机杼前面安一个镜，照出河岸上一切游人旅客；她天天由镜子看到岛外的世界，孤单地将所看见的小女，武士，牧人，僧侣，织进她的布里。她不敢回头直接去看，因为她听到一个预言说她一停着去赏玩河岸的风光，她一定会受罚。在月亮当头时她由镜里看见一对新婚伴侣沿着河岸散步，她悲伤地说“我对这些影子真觉得厌倦了”。在晴朗的

---

① 阿尔弗雷德·丁尼生（1809—1892），英国诗人。

②《夏洛特小姐》。

清晨一个盔甲光辉夺目的武士骑着骄马走过河旁，她不能自主地转过对着镜子走，去望一望。镜子立刻碎了，她走到岛旁，看见一个孤舟，在黄昏的时节她坐在舟上，任河水把她漂荡去，口里唱着哀歌慢慢地死了。Tennyson 自己说他这诗是象征理想碰着现实的灭亡。她由镜里看人生，虽然是影像分明，总有些雾里看花，一定要离开镜子，走到窗旁，才尝出人生真正的味道。

文学最完美时候不过像这面镜子，可是人生到底是要我们自己到窗子向外一望才能明白的。有好多人我们不愿见他们跟他们谈天，可是书里无论怎样穷凶极恶，奸巧利诈的小人，我们却看得津津有味，差不多舍不得同他们分离，仿佛老朋友一样。读 *Othello*[①] 的人对 Iago[②] 的死，虽然心里是高兴的，一定有些惆怅，因为不能再看他弄诡计了。读 Dickens 书，我记不清 Oliver Twist[③]，David Copperfield[④]，Nicholas Nickleby[⑤] 的性

---

① 即莎士比亚所作悲剧《奥赛罗》。

② 即《奥赛罗》中的反派人物伊阿古。

③ 即《雾都孤儿》主人公奥利弗。

④《大卫·科波菲尔》主人公大卫·科波菲尔。

⑤《尼古拉斯·尼克尔贝》主人公尼古拉斯·尼克尔贝。

格，而慈幼院的女管事Uriah Heep[①]同Nicholas Nickleby的叔父是坏得有趣的人物，我们读时，又恨他们，又爱看他们。但是若使真真在世界上碰见他们，我们真要避之唯恐不及。在莎士比亚以前流行英国的神话剧中，最受观众欢迎的是魔鬼，然而谁真见了魔鬼不会飞奔躲去。

文学同人生中间永久有一层不可穿破的隔膜。大作家往往因为对于人生太有兴趣，不大去念文学书，或者也就是因为他不怎么给文学迷住，或者不甚受文学影响，所以眼睛还是雪亮的，能够看清人生的庐山真面目。莎士比亚只懂一些拉丁，希腊文程度更糟，然而他确是看透人生的大文豪。Ben Jonson[②]博学广览，做戏曲时常常掉书袋，很以他自己的学问自雄，而他对人生的了解是绝比不上莎士比亚。Walter Scott[③]天天打猎，招呼朋友，Washington Irving[④]奇怪他哪里找到时间写他那又多又长的小说，自然更谈不上读书，可是谁敢说Scott

---

① 即《大卫·科波菲尔》中的人物乌利亚·希普。

② 本·琼森（1572—1637），英国剧作家、诗人。

③ 沃尔特·司各特（1771—1832），英国诗人、小说家。

④ 华盛顿·欧文（1783—1859），美国作家。

没有猜透人生的哑谜。Thackeray[①]怀疑小说家不读旁人作的小说，因茶点店伙计是爱吃饭而不喜欢茶点的。Stevenson在《给青年少女》（*Virginibus Puerisque*）里说“书是人生的没有血肉的代替者”。医学中一大个难关是在不能知道人身体实在情形。我们只能解剖死人，死人身里的情形同活人自然大不相同。所以人身里真真状况是不能由解剖来知道的。人生是活人，文学不过可以算死人的肢体，Stevenson这句无意说的话刚刚合式可以应用到我们这个比喻。所以真真跑到人生里面的人，就是自己作品也无非因为一时情感顺笔写去，来表现出他当时的心境，写完也就算了，后来不再加什么雕琢功夫。

甚至于有些是想发财，才去干文学的，莎士比亚就是个好例。他在伦敦编剧发财了，回到故乡做富家翁，把什么戏剧早已丢在字纸篮中了。所以现在教授学者们对于他剧本的文字要争得头破血流，也全因为他没有把自己作品看得是个宝贝，好好保存着。他对人生太有趣味，对文学自然觉得是隔靴搔痒。就是Steele[②]，Goldsmith[③]也都是因为天天给这光怪陆离的人生

① 威廉·梅克比斯·萨克雷（1811—1863），英国小说家。

② 理查德·斯梯尔（1672—1729），英国作家。

③ 奥利弗·哥尔德斯密斯（约1730—1774），英国作家。

迷住，高兴地喝酒，赌钱，穿漂亮衣服，看一看他们身旁五花八门的生活，他们简直没有心去推敲字句，注意布局。文法的错误也有，前后矛盾地方更多。他们是人生舞台上的健将，而不是文学的家奴。热情的奔腾，辛酸的眼泪充满了他们的字里行间。但是文学的技巧，修辞的把戏他们是不去用的。虽然有时因为情感的关系文字个变非常动人。Browning[①]对于人生也是有具体的了解，同强度的趣味，他的诗却是一作完就不改的，只求能够把他那古怪的意思达到一些，别的就不大管了。弄得他的诗念起来令人头昏脑痛。有一回人家找他解释他自己的诗，这老头子自己也不懂了。

总而言之，他们知道人生内容的复杂，文学表现人生能力微少。所以整个人浸于人生之中，对文学的热心赶不上他们对人生那种欣欢的同情。只有那班不大同现实接触，住在乡下，过完全象牙塔生活的人，或者他们的心给一个另外的世界锁住，才会做文学的忠实信徒，把文学做一生的唯一目的，始终在这朦胧境里过活，他们的灵魂早已脱离这个世界到他们自己织成的幻境去了。Hawthorne与早年的Tennyson全带了这种色彩。一定要对现实不大注意，被艺术迷惑了的人才会把文学看

---

① 罗伯特·勃朗宁（1812—1889），英国诗人。

得这么重要，由这点也可以看出文学同人生是怎样地隔膜了。

以上只说文学不是人生的镜子，我们不容易由文学里看清人生。王尔德却说人生是文学的镜子，我们日常生活思想所受艺术的支配比艺术受人生的支配还大。但是王尔德的话以少引为妙，恐怕人家会拿个唯美主义者的招牌送来，而我现在衣钮上却还没有带一朵凋谢的玫瑰花。并且他这种意思在《扯谎的退步》里说得漂亮明白，用不着再来学舌。还是说些文学对着人生的影响罢。法朗士说“书籍是西方的鸦片”。这话真不错，文学的麻醉能力的确不少，鸦片的影响是使人懒洋洋地，天天在幻想中糊涂地消磨去，什么事情也不想干。文学也是一样地叫人把心搁在虚无缥缈间，看着理想的境界，有的沉醉在里面，有的心中怀个希望想去实现，然而想象的事总是不可捉摸的，自然无从实现，打算把梦变作事实也无非是在梦后继续做些希望的梦罢！因此对于现实各种的需求减少了，一切做事能力也软弱下去了。憧憬地度过时光无时不在企求什么东西似的，无时不是任一去不复的光阴偷偷地过去。为的是他已经在书里尝过人所不应当尝的强度咸酸苦甜各种味道，他对于现实只觉乏味无聊，不值一顾。读*Romeo and Juliet*①后反不想

---

① 即威廉·莎士比亚创作的悲剧《罗密欧与朱丽叶》。

做爱情的事，非常悲哀时节念些挽歌倒可以将你酸情安慰。读Bacon①的论文集时候，他那种教人怎样能够于政治上得到权力的话使人厌倦世俗的富贵。不管是为人生的文学也好，为艺术的文学也好，写实派，神秘派，象征派，唯美派……文学里的世界是比外面的世界有味得多。只要踏进一步，就免不了喜欢住在这趣味无穷的国土里，渐渐地忘记了书外还有一个宇宙。本来真干事的人不讲话，口说莲花的多半除嘴外没有别的能力。天下最常讲爱情者无过于文学家，但是古往今来为爱情而牺牲生命的文学家，几乎找不出来。Turgenev②深深懂得念文学的青年光会说爱情，而不能够心中真真地燃起火来，就是点着，也不过是暂时的，所以在他的小说里他再三替他的主人翁说没有给爱情弄得整夜睡不着。要做一件事，就不宜把它拿来瞎想，不然想来想去，越想越有味，做事的雄心力气都化了。老年人所以万念俱灰全在看事太透，青年人所会英气勃勃，靠着他的盲目本能。Carlyle③觉得静默之妙，做了一篇读

① 弗朗西斯·培根（1561—1626），英国哲学家，英国唯物主义和现代实验科学的始祖。

② 伊凡·谢尔盖耶维奇·屠格涅夫（1818—1883），俄国作家。

③ 托马斯·卡莱尔（1795—1881），英国作家、历史学家。

起来音调雄壮的文章来赞美，这个矛盾地方不知道这位气吞一世的文豪想到没有。理想同现实是两个隔绝的世界，谁也不能够同时候在这两个地方住。荷马诗里说有一个岛，中有仙女（Siren①）她唱出歌来，水手听到迷醉了，不能不向这岛驶去，忘记回家了。又说有一个地方出产一种莲花，人闻到这香味，吃些花粉，就不想回到故乡去，愿意老在那里滞着。这仙女同莲花可以说都是文学象征。

还没有涉世过仅仅由文学里看些人生的人一同社会接触免不了有些悲观。好人坏人全没有书里写得那么有趣，到处是硬板板地单调无聊。然而当尝尽人海波涛后，或者又回到文学，去找人生最后的安慰。就是在心灰意懒时期，文学也可以给他一种鼓舞，提醒他天下不只是这么一个糟糕的世界，使他不会对人性生了彻底的藐视。法朗士说若使世界上一切实情，我们都知道清楚，谁也不愿意活着了。文学可以说是一层薄雾，盖着人生，叫人看起不会太失望了。

不管作家书里所谓人生是不是真的，他们那种对人生的态度是值得赞美模仿的。我们读文学是看他们的伟大精神，或

① 塞壬，古希腊神话中人身鸟足的女妖，住在地中海小岛上，常以美妙的歌声引诱航海者触礁沉没。

者他们的看错人生处正是他们的好处，那么我们也何妨跟他走错呢，Marcus Aurelius[①]的宇宙万事先定论多数人不能相信，但是他的坚忍质朴逆来顺受而自得其乐的态度使他的《冥想录》[②]做许多人精神的指导同安慰。我们这样所得到的大作家伦理的见解比仅为满足好奇心计那种理智方面的明白人生真相却胜万万倍了。

十七年[③]二月于北大西斋

① 马可·奥勒留（121—180），古罗马皇帝。系晚期斯多亚学派哲学的代表人物，认为神是万物的始基，宣扬宿命论和禁欲主义。

② 今译《沉思录》，马可·奥勒留著作。

③ 民国十七年，即1928年。

消逝的钟声

史铁生

站在台阶上张望那条小街的时候，我大约两岁多。

我记事早。我记事早的一个标记，是斯大林的死。有一天父亲把一个黑色镜框挂在墙上，奶奶抱着我走近看，说：斯大林死了。镜框中是一个陌生的老头儿，突出的特点是胡子都集中在上唇。在奶奶的涿州口音中，“斯”读三声。我心想，既如此还有什么好说，这个“大林”当然是死的呀？我不断重复奶奶的话，把“斯”读成三声，觉得有趣，觉得别人竟然都没有发现这一点可真是奇怪。多年以后我才知道，那是1953年，那年我两岁。

终于有一天奶奶领我走下台阶，走向小街的东端。我一直猜想那儿就是地的尽头，世界将在那儿陷落、消失——因为太阳从那儿爬上来的时候，它的背后好像什么也没有。谁料，那儿更像是一个喧闹的世界的开端。那儿交叉着另一条小街，那街上有酒馆，有杂货铺，有油坊、粮店和小吃摊；因为有小吃摊，那儿成为我多年之中最向往的去处。那儿还有从城外走来的骆驼队。“什么呀，奶奶？”“啊，骆驼。”“干吗呢，它们？”“驮煤。”“驮到哪儿去呀？”“驮进城里。”驼铃一路丁零当啷丁零当啷地响，骆驼的大脚蹚起尘土，昂首挺胸目空一切，七八头骆驼不紧不慢招摇过市，行人和车马都给它们让路。我望着骆驼来的方向问：“那儿是哪儿？”奶奶说：“再往北就出城啦。”“出城了是哪儿呀？”“是城外。”“城外什么样儿？”“行了，别问啦！”我很想去看看城外，可奶奶领我朝另一个方向走。我说“不，我想去城外”，我说“奶奶我想去城外看看”，我不走了，蹲在地上不起来。奶奶拉起我往前走，我就哭。“带你去个更好玩儿的地方不好吗？那儿有好些小朋友……”我不听，一路哭。

越走越有些荒疏了，房屋零乱，住户也渐渐稀少。沿一道灰色的砖墙走了好一会儿，进了一个大门。啊，大门里豁然开朗完全是另一番景象：大片大片寂静的树林，碎石小路蜿蜒其间。满地的败叶在风中滚动，踩上去吱吱作响。麻雀和灰喜鹊在林中草地上蹦蹦跳跳，坦然觅食。我止住哭声。我平生第一次看见了教堂，细密如烟的树枝后面，夕阳正染红了它的尖顶。

我跟着奶奶进了一座拱门，穿过长廊，走进一间宽大的房子。那儿有很多孩子，他们坐在高大的桌子后面只能露出脸。他们在唱歌。一个穿长袍的大胡子老头儿弹响风琴，琴声飘荡，满屋子里的阳光好像也随之飞扬起来。奶奶拉着我退出去，退到门口。唱歌的孩子里面有我的堂兄，他看见了我们但不走过来，唯努力地唱歌。那样的琴声和歌声我从未听过，宁静又欢欣，一排排古旧的桌椅、沉暗的墙壁、高阔的屋顶也似都活泼起来，与窗外的晴空和树林连成一气。那一刻的感受我终生难忘，仿佛有一股温柔又强劲的风吹透了我的身体，一下子钻进我的心中。后来奶奶常对别人说："琴声一响，这孩子就傻了似的不哭也不闹了。"我多么羡慕我的堂兄，羡慕所有那些孩子，羡慕那一刻的光线与声音，有形与无形。我呆呆地站着，徒然地睁大眼睛，其实不能听也不能看了，有个懵懂的东西第一次被惊动了——那也许就是灵魂吧。后来的事都记不大清了，好像那个大胡子的老头儿走过来摸了摸我的头，然后光线就暗下去，屋子里的孩子都没有了，再后来我和奶奶又走在那片树林里了，还有我的堂兄。堂兄把一个纸袋撕开，掏出一个彩蛋和几颗糖果，说是幼儿园给的圣诞礼物。

这时候，晚祷的钟声敲响了——唔，就是这声音，就是它！这就是我曾听到过的那种缥缥缈缈响在天空里的声音啊！

"它在哪儿呀，奶奶？"

“什么，你说什么？”

“这声音啊，奶奶，这声音我听见过。”

“钟声吗？啊，就在那钟楼的尖顶下面。”

这时我才知道，我一来到世上就听到的那种声音就是这教堂的钟声，就是从那尖顶下发出的。暮色浓重了，钟楼的尖顶上已经没有了阳光。风过树林，带走了麻雀和灰喜鹊的欢叫。钟声沉稳、悠扬、飘飘荡荡，连接起晚霞与初月，扩展到天的深处或地的尽头……

不知奶奶那天为什么要带我到那儿去，以及后来为什么再也没去过。

不知何时，天空中的钟声已经停止，并且在这块土地上长久地消逝了。

多年以后我才知道，那教堂和幼儿园在我们去过之后不久便都拆除。我想，奶奶当年带我到那儿去，必是想在那幼儿园也给我报个名，但未如愿。

再次听见那样的钟声是在四十年以后了。那年，我和妻子坐了八九个小时飞机，到了地球另一面，到了一座美丽的城市，一走进那座城市我就听见了它。在清洁的空气里，在透彻的阳光中和涌动的海浪上面，在安静的小街，在那座城市的所有地方，随时都听见它在自由地飘荡。我和妻子在那钟声中慢慢地走，认真地听它，我好像一下子回到了童年，整个世界都好像回到了童年。对于故乡，我忽然有了新的理解：人的故乡，并不止于一块特定的土地，而是一种辽阔无比的心情，不受空间和时间的限制；这心情一经唤起，就是你已经回到了故乡。

第五章

愿你此生 永远兴致盎然、烟火灿烂

历史惯以时间为序，
勾画空间中的真实，
艺术不满足这样的简化，
所以去看这人间戏剧深处的复杂，
在被普遍所遗漏的地方去询问独具的心流。

“春朝”一刻值千金

——懒惰汉的懒惰想头之一

梁遇春

十年来，求师访友，足迹走遍天涯，回想起来给我最大益处的却是“迟起”，因为我现在脑子里所有些聪明的想头，灵活的意思多半是早上懒洋洋地赖在床上想出来的。我真应该写几句话赞美它一番，同时还可以告诉有志的人们一点迟起艺术的门径。谈起艺术，我虽然是门外汉，不过对于迟起这门艺术倒可说是一位行家，因为我既具有明察秋毫的批评能力，又带了甘苦备尝的实践精神。我天天总是在可能范围之内，尽量地滞在床上——那是我们的神庙——看着射在被上的日光，暗笑四围人们无谓的匆忙，回味前夜的痴梦——那是比做梦还有意思的事，——细想迟起的好处，唯我独尊地躺着，东倒西倾的小房立刻变作一座快乐的皇宫。

诗人画家为着要追求自己的幻梦，实现自己的痴愿，宁可牺牲一切物质的快乐，受尽亲朋的诟骂，他们从艺术里能够得到无穷的安慰，那是他们真实的世界，外面的世界对于他们反变成一个空虚。迟起艺术家也具有同等的精神。区区虽然不是一个迟起大师，但是对于本行艺术的确有无限的热忱——艺术家的狂热。所以让我拿自己做个例子吧。当我是个小孩时候，我的生活由家庭替我安排，毫无艺术的自觉，早上六点就起来了。后来到北方念书去，北方的天气是培养迟起最好的沃土，许多同学又都是程度很高的迟起艺术专家，于是绝好的环境同朋辈的切磋使我领略到迟起的深味，我的忠于艺术的热度也一天一天地增高。暑假年假回家时期，总在全家人吃完了早饭之后，我才敢动起床的念头。老父常常对我说清晨新鲜空气的好处，母亲有时提到重温稀饭的麻烦，慈爱的祖母也屡次向我姑母说“早起三日当一工”（我的姑母老是起得很早的），我虽然万分不愿意失丢大人们的欢心，但是为着忠于艺术的缘故，居然甘心得罪老人家。后来老人家知道我是无可救药的，反动了怜惜的心肠，他们早上九点钟时候走过我的房门前还是用着足尖；人们温情地放纵我们的弱点是最容易刺动我们麻木的良心，但是我总舍不得违弃了心爱的艺术，所以还是懊悔地照样地高卧。在大学里，有几位道貌岸然的教授对于迟到学生总是白眼相待，我不幸得很，老做他们白眼的鹄的，也曾好几次下个决心早起，免得一进教室的门，就受两句冷讽，可是一年一年地过去，我足足受了四年的白眼待遇，里头的苦处是别人想不出来的。有一年寒假住在亲戚家里，他们晚饭的时间是很早的，所以一醒来，腹里就咕隆地响着，我却按下饥肠，故意想出许多有趣事情，使自己忘却了肚饿，有时饿出汗来，还是坚持着非到十时是不起来的。对于艺术我是多么忠实，情愿牺牲。枵腹作诗的爱仑·波[①]真可说是我的同志。后来入世谋生，自然会忽略了艺术的追求；不过我还是尽量地保留一向的热诚，虽然已经是够堕落了。想起我个人因为迟起所受的许多说不出的苦痛，我深深相信迟起是一门艺术，因为只有艺术才会这样带累人，也只有艺术家才肯这样不变初衷地往前牺牲一切。

但是从迟起我也得到不少的安慰，总够补偿我种种的苦痛。迟起给我最大的好处是我没有一天不是很快乐地开头的。我天天起来总是心满意足的，觉得我们住的世界无日不是春天，无处不是乐园。当我神怡气舒地躺着时候，我常常记起勃浪宁的诗："上帝在上，万物各得其所。"（鱼游水里，鸟栖树

---

① 即埃德加·爱伦·坡（Edgar Allan Poe，1809—1849），19世纪美国作家和文艺评论家。

枝，我卧床上。）人生是短促的，可是若使我们有过光荣的青春，我们的一生就不能算是虚度，我们的残年很可以傍着火炉，晒着太阳在回忆里过日子。同样地，一天的光阴是很短促的，可是若使我们有过光荣的早上（一半时间花在床上的早晨），我们这一天就不能说是白丢了，我们其余时间可以用在追忆清早的幸福。我们青年时期若使是欣欢的结晶，我们的余生一定不会很凄凉的，青春的快乐是有影子留下的，那影子好似带了魔力，惨淡的老年给它一照，也呈出和蔼慈祥的光辉。我们一天里也是一样的，人们不是常说：一件事情好好地开头，就是已经成功一半了；那么赏心悦意的早晨是一天快乐的先导。迟起不单是使我天天快活地开头，还叫我们每夜高兴地结束这个日子；我们夜夜去睡时候，心里就预料到明早迟起的快乐——预料中的快乐是比当时的享受，味还长得多——这样子我们一天的始终都是给生机活泼的快乐空气围住，这个可爱的升平景象却是迟起一手做成的。

迟起不仅是能够给我们这甜蜜的空气，它还能够打破我们结结实实的苦闷。人生最大的愁忧是生活的单调。悲剧是很热闹的，怪有趣的，只有那不生不死的机械式生活才是最无聊赖的。迟起真是唯一的救济方法。你若使感到生活的沉闷，那么请你多睡半点钟（最好是一点钟），你起来一定觉得许多要干的事情没有时间做了，那么是非忙不可——“忙”是进到快乐宫的金钥，尤其那自己找来的忙碌。忙是人们体力发泄最好的法子，亚里士多德不是说过人的快乐是生于能力变成效率的畅适。我常常在办公时间五分钟以前起床，那时候洗脸拭牙进早餐，都要用最快的速度完成，全变作最浪漫的举动，当牙膏四溅，脸水横飞，一手拿着头梳，对着镜子，一面吃面包时节，谁会说人生是没有趣味呢？而且当时只怕过了时间，心中充满了冒险的情绪。这些暗地晓得不碍事的冒险兴奋是顶可爱的东西，尤其是对于我们这班不敢真真履险的懦夫。我喜欢北方的狂风，因为当我们冲着黄沙往前进的时候，我们仿佛是斩将先登，冲锋陷阵的健儿，跟自然的大力肉搏，这是多么可歌可泣的壮举，同时除开耳孔鼻孔塞点沙土外，丝毫危险也没有，不管那时是怎地像煞有介事样子。冒险的嗜好哪个人没有，不过我们胆小，不愿白丢了生命，仁爱的上帝，因此给我们卷地蔽天地刮风，做我们安稳冒险的材料。住在江南的可怜虫，找不到这一天赐的机会，只得英雄做时势，迟些起来，自己创造机会。就是放假期间，十时半起床，早餐后抽完了烟，已经十一时过了，一想到今天打算做的事情一件也没有动手，赶紧忙着起来——天下里还有比无事忙更有趣味的事吗？若使你因为迟起挨到人家的闲话，那最少也可以打破你日常一波不兴无声无息的生活。我想凡是尝过生活的深味的人一定会说痛苦比单调灰色生活强得多，因为痛苦是活的，灰色的生活却是死的象征。迟起本身好似是很懒惰的，但是它能够给我们最大的活气，使我们的生活跳动生姿；世上最懒惰不过的人们是那班黎明即起，老早把事做好，坐着呆呆地打呵欠的人们。迟起所有的这许多安慰，除开艺术，我们哪里还找得出来呢？许多人现在还不明白迟起的好处，这也可以证明迟起是一种艺术，因为只有艺术人们才会这样地不去睬它。

现在春天到了，“春宵苦短日高起”，五六点钟醒来，就可以看见太阳，我们可以醉也似的躺着，一直躺了好几个钟头，静听流莺的巧啭，细看花影的慢移，这真是迟起的绝好时光。能让我们天天多躺一会儿罢，别辜负了这一刻千金的“春朝”。

《懒惰汉的懒惰想头》[1]是当代英国小品文家Jerome K. Jerome[2]的文集名字（*Idle Thoughts of an Idle Fellow*），集里所说的都是拉闲扯散，瞎三道四的废话，可是自带有幽默的深

---

① 今译《懒人闲思录》。

② 杰罗姆·k. 杰罗姆（1859—1927），英国作家。

味，好似对于人生有比一般人更微妙的认识同玩味——这或者只是因为我自己也是懒惰汉，官官相卫，惺惺惜惺惺，那么也好，就随它去罢。“春宵一刻值千金”这句老话，是谁也知道的，我觉得换一个字，就可以做我的题目。连小小二句题目，都要东抄西袭凑合成的，不肯费心机自己去做一个，这也可以见我的懒惰了。

在副题目底下加了“之一”两字，自然是指明我还要继续写些这类无聊的小品文字，但是什么时候会写第二篇，那是连上帝都不敢预言的，我是那么懒惰。有时晚上想好了意思，第二天起得太早，心中一懊悔，什么好意思都忘却了。

泪与笑

梁遇春

匆匆过了二十多年，我自然也是常常哭，常常笑，别人的啼笑也看过无数回了。可是我生平不怕看见泪，自己的热泪也好，别人的呜咽也好；对于几种笑我却会惊心动魄，吓得连呼吸都不敢大声，这些怪异的笑声，有时还是我亲口发出的。当一位极亲密的朋友忽然说出一句冷酷无情冰一般的冷话来，而且他自己还不知道他说的会使人心寒，这时候，我们只好哈哈哈莫名其妙地笑了。因为若使不笑，叫我们怎么样好呢？我们这个强笑或者是出于看到他真正的性格（他这句冷语所显露的）和我们先前所认为的他的性格的矛盾，或者我们要勉强这么一笑来表示我们是不会给他的话所震动，我们自己另有一个超乎一切的生活，他的话是不能损坏我们于毫发的，或者……但是那时节我们只觉得不好不这么大笑一声，所以才笑，实在也没有闲暇去仔细分析自己了。当我们心里有说不出的苦痛缠着，正要向人细诉，那时我们平时尊敬的人却用个极无聊的理由（甚至于最卑鄙的）来解释我们这穿过心灵的悲哀。看到这深深一层的隔膜，我们除开无聊赖地破涕为笑，还有什么别的办法吗？有时候我们倒霉起来，整天从早到晚做的事没有一件不是失败的。到晚上疲累非常，懊恼万分，悔也不是，哭也不是，也只好咽下眼泪，空心地笑着。我们一生忙碌，把不可再得的光阴消磨在马蹄轮铁，以及无谓敷衍之间，整天打算，可是自己不晓得为甚这么费心机，为了要活着用尽苦心来延长这生命，却又不觉得活着到底有何好处，自己并没有享受生活过，总之黑漆一团活着。夜阑人静，回头一想，哪能够不吃吃地笑，笑时感到无限的生的悲哀。就说我们淡于生死了，对于现世界的厌烦同人事的憎恶还会像毒蛇般蜿蜒走到面前，缠着身上。我们真可说倦于一切，可惜我们也没有爱恋上死神，觉得也不值得花那么大劲去求死，在此不生不死心境里，只见伤感重重来袭，偶然挣些力气，来叹几口气，叹完气也免不了失笑，那笑是多么酸苦的。这几种笑声发自我们的口里，自己听到，心中生个不可言喻的恐怖，或者又引起另一个鬼似的狞笑。若使是由他人口里传出，只要我们探讨出它们的源泉，我们也会惺惺惜惺惺而心酸，同时害怕得全身打战。

此外失望人的傻笑，下头人挨了骂对于主子的陪笑，趾高气扬的热官对于贫贱故交的冷笑，老处女在他人结婚席上所呈的干笑，生离永别时节的苦笑——这些笑全是“自然”跟我们为难，把我们弄得没有办法，我们承认失败了的表现，是我们心灵的堡垒下面刺目的降幡。莎士比亚的妙句“对着悲哀微笑”（smiling at grief）说尽此中的苦况。拜伦在他的杰作*Don Juan*[①]里有二句：“Of all tales't is the saddest—and more sad. Because it makes us smile.”[②]这两句是我愁闷无聊时所喜欢反复吟诵的，因为真能传出“笑”的悲剧情调。

泪却是肯定人生的表示。因为生活是可留恋的，过去是春天的日子，所以才有伤逝的清泪。若使生活本身就不值得我们的一顾，我们哪里会有惋惜的情怀呢？当一个中年妇女死了丈夫时候，她号啕地大哭，她想到她儿子这么早失丢了父亲，没有人指导，免不了伤心流泪，可是她隐隐地对于这个儿子有无穷的慈爱同希望。她的儿子又死了，她或者会一声不作地料理丧事，或者发疯狂笑起来。因为她已厌倦于人生，她微弱的心已经麻木死了。

我每回看到人们的流泪，不管是失恋的刺痛，或者丧亲的

---

① 《唐璜》。

② 英语，意为：此为所有故事中最可悲的——甚至更可悲，因为它竟使人听了发笑。

悲哀，我总觉人世真是值得一活的。眼泪真是人生的甘露。当我是小孩时候，常常觉得心里有说不出的难过，故意去臆造些伤心事情，想到有味时候，有时会不觉流下泪来，那时就感到说不出的快乐。现在却再寻不到这种无根的泪痕了。哪个有心人不爱看悲剧，亚里士多德所说的净化的确不错。我们精神所纠结郁积的悲痛随着台上的凄惨情节发出来，哭泣之后我们有形容不出的快感，好似精神上吸到新鲜空气一样，我们的心灵忽然间呈非常健康的状态。Gogol的著作人们都说是笑里有泪，实在正是因为后面有看不见的泪，所以他的小说会那么诙谐百出，对于生活处处有回甘的快乐。

中国的诗词说高兴赏心的事总不大感人，谈愁语恨却是易工，也是由于那些怨词悲调是泪的结晶，有时会逗我们洒些同情的泪。所以亡国的李后主，感伤的李义山始终是我们爱读的作家。天下最爱哭的人莫过于怀春的少女同情海中翻身的青年，可是他们的生活是最有力，色彩最浓，最不虚过的生活。人到老了，生活力渐渐消磨尽了，泪泉也干了，剩下的只是无可无不可那种行将就木的心境和好像慈祥实在是生的疲劳所产生的微笑——我所怕的微笑。

十八世纪初期浪漫派诗人格雷在他的*On a Distant Prospect*

of Eton College[①]里说：

> 流下也就忘记了的泪珠，那是照耀心胸的阳光。
>
> The tear forgot as soon as shed ,
>
> The sunshine of the breast.

这些热泪只有青年才会有，它是同青春的幻梦同时消灭的。泪尽了，个个人心里都像苏东坡所说的“存亡惯见浑无泪”那样的冷淡了，坟墓的影已染着我们的残年。

① 《伊顿远眺》。

又是一年春草绿 | 梁遇春

一年四季，我最怕的却是春天。夏的沉闷，秋的枯燥，冬的寂寞，我都能够忍受，有时还感到片刻的欣欢。灼热的阳光，憔悴的霜林，浓密的乌云，这些东西跟满目疮痍的人世是这么相称，真可算作这出永远演不完的悲剧的绝好背景。当个演员，同时又当个观客的我虽然心酸，看到这么美妙的艺术，有时也免不了陶然色喜，传出灵魂上的笑窝了。坐在炉边，听到呼呼的北风，一页一页翻阅一些畸零人的书信或日记，我的心境大概有点像人们所谓春的情调罢。可是一看到阶前草绿，窗外花红，我就感到宇宙的不调和，好像在弥留病人的榻旁听到少女的清脆的笑声，不，简直好像参加婚礼时候听到凄楚的丧钟。这到底是恶魔的调侃呢，还是垂泪的慈母拿几件新奇的玩物来哄临终的孩子呢？每当大地春回的时候，我常想起《哈姆雷特》里面那位姑娘戴着鲜花圈子，唱着歌儿，沉到水里去了。这真是莫大的悲剧呀，比哈姆雷特的命运还来得可伤，叫人们啼笑皆非，只好蒙眬地徜徉于迷途之上，在谜的空气里度过鲜血染着鲜花的一生了。坟墓旁年年开遍了春花，宇宙永远是这样二元，两者错综起来，就构成了这个杂乱下劣的人世了。其实不单自然界是这样子安排颠倒遇颠连，人事也无非如此白莲与污泥相接，在卑鄙坏恶的人群里偏有些雪白晶清的灵魂，可是旷世的伟人又是三寸名心未死，落个白玉之玷了。天下有了伪君子，我们虽然亲眼看见美德，也不敢贸然去相信了；可是极无聊，极不堪的下流种子有时却磊落大方，一鸣惊人，情愿把自己牺牲了。席勒说：“只有错误才是活的，真理只好算作个死东西罢了。”可见连抽象的境界里都不会有个称心如意的事情了。“可哀惟有人间世”，大概就是为着这个原因罢。

我是个常带笑脸的人，虽然心绪凄苦的时候居多。可是我的笑并不是百无聊赖时的苦笑，假使人生单使我们觉得无可奈何，“独闭空斋画大圈”，那么这个世界也不值得一笑了。我的笑也不是世故老人的冷笑，忙忙扰扰的哀乐虽然尝过了不少，鬼鬼祟祟的把戏虽然也窥破了一二，我却总不拿这类下流的伎俩放在眼里，以为不值得尊称为世故的对象，所以不管我多么焦头烂额，立在这片瓦砾场中，我向来不屑对于这些加之以冷笑。我的笑也不是哀莫大于心死以后的狞笑。我现在最感到苦痛的就是我的心太活跃了，不知怎的，无论到哪儿去，总有些触目伤心，凄然泪下的意思，大有失恋与伤逝冶于一炉的光景，怎么还会狞笑呢。我的辛酸心境并不是年轻人常有的那种略带诗意的感伤情调，那是生命之杯盛满后溅出来的泡花，那是无上的快乐呀，释迦牟尼佛所以会那么陶然，也就是为着他具了那个清风朗月的慈悲境界罢。走入人生迷园而不能自拔的我怎么会有这种的闲情逸致呢！我的辛酸心境也不是像丁尼生所说的“天下最沉痛的事情莫过于回忆起欣欢的日子”。这位诗人自己却又说道：“曾经亲爱过，后来永诀了，总比绝没有亲爱过好多了。”我是没有过这么一度的鸟语花香，我的生涯好比没有绿洲的空旷沙漠，好比没有棕榈的热带国土，简直是挂着蛛网，未曾听过管弦声的一所空屋。我的辛酸心境更不是像近代仕女们脸上故意贴上的“黑点”，朋友们看到我微笑着道出许多伤心话，总是不能见谅，以为这些娓娓酸语无非拿来点缀风光，更增生活的妩媚罢了。“知己从来不易知”，其实我们也用不着这样苛求，谁敢说真知道了自己呢，否则希腊人也不必在神庙里刻上“知道你自己”那句话了。可是我就没有走过芳花缤纷的蔷薇的路，我只看见枯树同落叶；狂欢的宴席上排了一个白森森的人头固然可以叫古代的波斯人感到人生的倏忽而更见沉醉，骷髅搂着如花的少女跳舞固然可以使荒山上月光里的撒旦摇着头上的两角哈哈大笑，但是八百里的荆棘岭总不能算作愉快的旅程罢；梅花落后，雪月空明，当然是个好境界，可是牛山濯濯的峭壁上一年到底只有一阵一阵的狂风瞎吹着，那就会叫人思之欲泣了。这些话虽然言之过甚，缩小来看，也可以映出我这个无可为欢处的心境了。

在这个无时无地都有哭声回响着的世界里年年偏有这么一个春天；在这个满天澄蓝、泼地草绿的季节，毒蛇却也换了一套春装睡眼蒙眬地来跟人们作伴了，禁闭于层冰底下的秽气也随着春水的绿波传到情侣的身旁了。这些矛盾恐怕就是数千年来贤哲所追求的宇宙本质罢！蕞尔的我大概也分了一份上帝这笔礼物罢。笑窝里贮着泪珠儿的我活在这个乌云里夹着闪电，早上彩霞暮雨凄凄的宇宙里，天人合一，也可以说是无憾了，何必再去寻找那个无根的解释呢。“满眼春风百事非”，这般就是这般。

天的文学

丰子恺

晚上九点半钟以后，孩子们都已熟睡，别人不会再来找我，便是我自己的时间了。

照例喝过一杯茶，用大学[①]眼药擦过眼睛，点起一支香烟，从书架上抽了一张星座图，悄悄地到门前的广场上去看星。

一支香烟是必要的。星座位置认不清楚的时候，可以把它当作灯，向图中探索一下。

看到北斗沉下去，只见斗柄的时候，我回到房间里，拿一册《天文学》来一翻。用铅笔在纸上试算：地球一匝为七万二千里[②]，光每秒钟绕地球七匝，即每秒钟行五十万四千

---

① 此处大学是日本一种眼药牌子。

② 计算有误，约合八万里。

里①；一小时有三千六百秒，一天有八万六千四百秒，一年有三万一千一百零四万②秒；光走一年的路长，为五十万四千乘三万一千一百零四万③里，即一“光年”之长。自地球到织女星的距离为十光年④，到牵牛星的距离为十四光年⑤，到大熊星的星云要一千万光年！……我算到这里，忽然头痛起来，手里的铅笔沉重得不能移动，没有再算下去的精神了。于是放下铅笔，抛弃纸头，倒在床里了。

我躺在床上，从枕上窥见窗外的星，如练的银河，“秋宵的女王”的织女，南王的热闹。啊，秋夜的盛装！我忘记了我的头痛了。我脑中浮出朝华的诗句来：“织女明星来枕上，了知身不在人间。”立刻似乎身轻如羽，翱翔于星座之间了。

我俯视银河之波澜，访问织女的孤居，抚慰卡丽斯德神女的化身的大熊……“地球，再会！”我今晚要徜徉于银河之滨，牛女北斗之间了。

---

① 计算有误，光每秒绕地球约7.5圈。

② 计算有误。应为三千一百五十三万六千。

③ 计算有误。应为六十万乘三千一百五十三万六千。

④ 实际约为二十五光年。

⑤ 实际约为十六点七光年。

第二天早晨起来，我脑中历历地残留着昨夜的星界漫游的记忆；可是昨夜的头痛，也还保留着一些余味。

我想：几万万里，几千万年，算它做什么？天文本来是“天的文学”，谁教你们算的？

清明 | 丰子恺

清明例行扫墓。扫墓照理是悲哀的事。所以古人说：“鸦啼雀噪昏乔木，清明寒食谁家哭。”又说：“佳节清明桃李笑，野田荒冢只生愁。”然而在我幼时，清明扫墓是一件无上的乐事。人们借佛游春，我们是“借墓游春”。我父亲有八首《扫墓竹枝词》：

别却春风又一年，梨花似雪柳如烟。
家人预理上坟事，五日前头折纸钱。

风柔日丽艳阳天，老幼人人笑口开。
三岁玉儿娇小甚，也教抱上画船来。

双双画桨荡轻波，一路春风笑语和。
望见坟前堤岸上，松阴更比去年多。

壶榼纷陈拜跪忙，闲来坐憩树阴凉。
村姑三五来窥看，中有谁家新嫁娘。

周围堤岸视桑麻，剪去枯藤只剩花。
更有儿童知算计，松球拾得去煎茶。

荆榛坡上试跻攀，极目云烟杳霭闲。
恰得村夫遥指处，如烟如雾是含山。

纸灰扬起满林风，杯酒空浇奠已终。
却觅儿童归去也，红裳遥在菜花中。

解将锦缆趁斜晖，水上蜻蜓逐队飞。
赢受一番春色足，野花载得满船归。

这里的“三岁玉儿”，就是现在执笔写此文的七十老翁。我的小名叫作“慈玉”。

清明三天，我们每天都去上坟。第一天，寒食，下午上“杨庄坟”。杨庄坟离镇五六里路，水路不通，必须步行。老幼都不去，我七八岁就参加。茂生大伯挑了一担祭品走在前面，大家跟他走，一路上采桃花，偷新蚕豆，不亦乐乎。到了坟上，大家息足，茂生大伯到附近农家去，借一张桌子和两只条凳来，于是陈设祭品，依次跪拜。拜过之后，自由玩耍。有的吃甜麦塌饼，有的吃粽子，有的拔蚕豆梗来做笛子。蚕豆梗是方形的，在上面摘几个洞，作为笛孔。然后再摘一段豌豆梗来，装在这笛的一端，笛便做成。指按笛孔，口吹豌豆梗，发音竟也悠扬可听。可惜这种笛寿命不长。拿回家里，第二天就枯干，吹不响了。祭扫完毕，茂生大伯去还桌子凳子，照例送两个甜麦塌饼和一串粽子，作为酬谢。然后诸人一同在夕阳中回去。杨庄坟上只有一株大松树，临着一个池塘。父亲说这叫作“美人照镜”。现在，几十年不去，不知美人是否还在照镜。闭上眼睛，情景宛在目前。

正清明那天，上“大家坟”。这就是去上同族公共的祖坟。坟共有五六处，须用两只船，整整上一天。同族共有五家，轮流作主。白天上坟，晚上吃上坟酒。这笔费用由祭田开销。祖宗们心计长，恐怕子孙不肖，上不起坟，叫他们变成饿鬼。因此特置几亩祭田，租给农民。轮到谁家主持上坟，由谁家收租。雇船办酒之外，费用总有余裕。因此大家高兴作主。而小孩子尤其高兴，因为可以整天在乡下游玩，在草地上吃午饭。船里烧出来的饭菜，滋味特别好。因为，据老人们说，家里有灶君菩萨，把饭菜的好滋味先尝了去，而船里没有灶君菩萨，所以船里烧出来的饭菜滋味特别好。孩子们还有一件乐事，是抢鸡蛋吃。每到一个坟上，除对祖宗的一桌祭品以外，必定还有一只小匾，内设小鱼、小肉、鸡蛋、酒和香烛，是请地主吃的，叫作拜坟墓土地。孩子们中，谁先向坟墓土地叩头，谁先抢得鸡蛋。我难得抢到，觉得这鸡蛋的确比平常的好吃。上了一天坟回来，晚上是吃上坟酒。酒有四五桌，因为出嫁姑娘也都来吃。吃酒时，长辈总要训斥小辈，被训斥的，主要是乐谦、乐生和月生。因为乐谦盗卖坟树，乐生、月生作恶为非，上坟往往不到而吃上坟酒必到。

第三天上“私房坟”。我家的私房坟，又称为旗杆坟。去上的就是我们一家人，父母和我们姐弟数人。吃了早中饭，雇一只客船，慢吞吞地荡去。水路五六里，不久就到。祭扫期间，附近三竺庵里的和尚来问讯，送我们些春笋。我们也到这庵里去玩，看见竹林很大，身入其中，不见天日。我们终年住在那市井尘嚣中的低小狭窄的百年老屋里，一朝来到乡村田野，感觉异常新鲜，心情特别快适，好似遨游五湖四海。因此我们把清明扫墓当作无上的乐事。我的父亲孜孜兀兀地在穷乡僻壤的蓬门败屋之中度过短促的一生，我想起了感到无限的同情。

“无事此静坐” | 汪曾祺

我的外祖父治家整饬，他家的房屋都收拾得很清爽，窗明几净。他有几间空房，檐外有几棵梧桐，室内木榻、漆桌、藤椅。这是他待客的地方。但是他的客人很少，难得有人来。这几间房子是朝北的，夏天很凉快。南墙挂着一条横幅，写着五个正楷大字：

无事此静坐。

我很欣赏这五个字的意思。稍大后，知道这是苏东坡的诗，下面的一句是：

一日当两日。

事实上，外祖父也很少到这里来。倒是我常常拿了一本闲书，悄悄走进去，坐下来一看半天。看起来，我小小年纪，就已经有了一点隐逸之气了。

静，是一种气质，也是一种修养。诸葛亮云：“非淡泊无以明志，非宁静无以致远。”心浮气躁，是成不了大气候的。静是要经过锻炼的，古人叫作“习静”。唐人诗云：“山中习静观朝槿，松下清斋折露葵。”“习静”可能是道家的一种功夫，习于安静确实是生活于扰攘的尘世中人所不易做到的。静，不是一味地孤寂，不闻世事。我很欣赏宋儒的诗：“万物静观皆自得，四时佳兴与人同。”唯静，才能观照万物，对于人间生活充满盎然的兴致。静是顺乎自然，也是合乎人道的。

世界是喧闹的。我们现在无法逃到深山里去，唯一的办法是闹中取静。毛主席年轻时曾采取了几种锻炼自己的方法，一种是“闹市读书”。把自己的注意力高度集中起来，不受外界干扰，我想这是可以做到的。

这是一种习惯，也是环境造成的。我下放张家口沙岭子农业科学研究所劳动，和三十几个农业工人同住一屋。他们吵吵闹闹，打着马锣唱山西梆子，我能做到心如止水，照样看书、写文章。我有两篇小说，就是在震耳的马锣声中写成的。这种功夫，多年不用，已经退步了，我现在写东西总还是希望有个比较安静的环境，但也不必一定要到海边或山边的别墅中才能构思。

大概有十多年了，我养成了静坐的习惯。我家有一对旧沙发，有几十年了。我每天早上泡一杯茶，点一支烟，坐在沙发里，坐一个多小时。虽是块然独坐，然而浮想联翩。一些故人往事、一些声音、一些颜色、一些语言、一些细节，会逐渐在我的眼前清晰起来，生动起来。这样连续坐几个早晨，想得成熟了，就能落笔写出一点东西。我的一些小说散文，常得之于清晨静坐之中。曾见齐白石一小幅画，画的是淡蓝色的野藤花，有很多小蜜蜂，有颇长的题记，说这是他家山的野藤，花时游蜂无数，他有个孙子曾被蜂螫，现在这个孙子也能画这种藤花了，最后两句我一直记得很清楚：“静思往事，如在目底。”这段题记是用金冬心体写的，字画皆极娟好。“静思往事，如在目底”，我觉得这是最好的创作心理状态。就是下笔的时候，也最好心里很平静，如白石老人题画所说：“心闲气静时一挥。”

我是个比较恬淡平和的人，但有时也不免浮躁，最近就有点如我家乡话所说“心里长草”。我希望政通人和，使大家能安安静静坐下来，想一点事，读一点书，写一点文章。

老家

史铁生

常要在各种表格上填写籍贯，有时候我写北京，有时候写河北涿州，完全即兴。写北京，因为我生在北京长在北京，大约死也不会死到别处去了。写涿州，则因为我从小被告知那是我的老家，我的父母及祖上若干辈人都曾在那儿生活。查词典，“籍贯”一词的解释是：祖居或个人出生地——我的即兴碰巧不错。

可是这个被称为老家的地方，我是直到四十六岁的春天才第一次见到它。此前只是不断地听见它。从奶奶的叹息中，从父母对它的思念和恐惧中，从姥姥和一些亲戚偶尔带来的消息里面，以及从对一条梦幻般的河流——拒马河——的想象之中，听见它。但从未见过它，连照片也没有。奶奶说，曾有过几张在老家的照片，可惜都在我懂事之前就销毁了。

四十六岁的春天，我去亲眼证实了它的存在；我跟父亲、伯父和叔叔一起，坐了几小时汽车到了老家。涿州——我有点儿不敢这样叫它。涿州太具体，太实际，因而太陌生。而老家在我的印象里一向虚虚幻幻，更多的是一种情绪，一种声音，甚或一种光线一种气息，与一个实际的地点相距太远。我想我不妨就叫它Z州吧，一个非地理意义的所在更适合连接起一个延续了四十六年的传说。然而它果真是一个实实在在的地方，有残断的城墙，有一对接近坍圮的古塔，市中心一堆蒿草丛生的黄土据说是当年钟鼓楼的遗址，当然也有崭新的酒店、餐馆、商厦，满街的人群，满街的阳光、尘土和叫卖。城区的格局与旧北京城近似，只是缩小些，简单些。中心大街的路口耸立着一座仿古牌楼（也许确凿是个古迹，唯因旅游事业而修葺一新），匾额上五个大字：天下第一州。中国的天下第一着实不少，这一回又不知是以什么为序。

我们几乎走遍了城中所有的街巷。父亲、伯父和叔叔一路指指点点感慨万千：这儿是什么，那儿是什么，此一家商号过去是什么样子，彼一座宅院曾经属于一户怎样的人家，某一座寺庙当年如何如何香火旺盛，庙会上卖风筝，卖兔爷，卖莲蓬，卖糖人儿、面茶、老豆腐……庙后那条小街曾经多么僻静呀，风传有鬼魅出没，天黑了一个人不敢去走……城北的大石桥呢？哦，还在还在，倒还是老样子，小时候上学放学他们天天都要从那桥上过，桥旁垂柳依依，桥下流水潺潺，当初可是

Z州一处著名的景观啊……咱们的小学校呢？在哪儿？那座大楼吗？哎哎，真可是今非昔比啦……

我听见老家在慢慢地扩展，向着尘封的记忆深入，不断推陈出新。往日，像个昏睡的老人慢慢苏醒，唏嘘叹惋之间渐渐生气勃勃起来。历史因此令人怀疑。循着不同的情感，历史原来并不确定。

一路上我想，那么文学所求的真实是什么呢？历史难免是一部御制经典，文学要弥补它，所以看重的是那些沉默的心魂。历史惯以时间为序，勾画空间中的真实，艺术不满足这样的简化，所以去看这人间戏剧深处的复杂，在被普遍所遗漏的地方去询问独具的心流。我于是想起西川的诗：

> 我打开一本书/一个灵魂就苏醒/……/我阅读一个家族的预言/我看到的痛苦并不比痛苦更多/历史仅记录少数人的丰功伟绩/其他人说话汇合为沉默。

我的老家便是这样。Z州，一向都在沉默中。但沉默的深处悲欢俱在，无比生动。那是因为，沉默着的并不就是普遍，而独具的心流恰是被一个普遍读本简化成了沉默。

汽车缓缓行驶，接近史家旧居时，父亲、伯父和叔叔一声不响，唯睁大眼睛望着窗外。史家的旧宅错错落落几乎铺开一条街，但都久失修整，残破不堪。“这儿是六叔家。”“这儿是二姑家。”“这儿是七爷爷和七奶奶。”“那边呢？噢，五舅曾在那儿住过。”……简短的低语，轻得像是怕惊动了什么，以致那一座座院落也似毫无生气，一片死寂。

汽车终于停下，停在了“我们家”的门口。

但他们都不下车，只坐在车里看，看斑驳的院门，看门两边的石墩，看屋檐上摇动的枯草，看屋脊上露出的树梢……伯父首先声明他不想进去：“这样看看，我说就行了。”父亲于是附和：“我说也是，看看就走吧。”我说：“大老远来了，就为看看这房檐上的草吗？”伯父说：“你知道这儿现在住的谁？”“管他住的谁！”“你知道人家会怎么想？人家要是问咱们来干吗，咱们怎么说？”“胡汉三又回来了呗！”我说。他们笑笑，笑得依然谨慎。伯父和父亲执意留在汽车上，叔叔推着我进了院门。院子里没人，屋门也都锁着，两棵枣树尚未发芽，疙疙瘩瘩的枝条与屋檐碰撞发出轻响。叔叔指着两间耳房对我说：“你爸和你妈，当年就在这两间屋里结的婚。”“你看见的？”“当然我看见的。那天史家的人去接你妈，我跟着去了。那时我十三四岁，你妈坐上花轿，我就跟在后头一路跑，直跑回家……”我仔细打量那两间老屋，心想：说不定，我就是从这儿进入人间的。

从那院子里出来，见父亲和伯父在街上来来回回地走，向一个个院门里望，紧张，又似抱着期待。街上没人，处处都安静得近乎怪诞。“走吗？”“走吧。”虽是这样说，但他们仍四处张望。“要不就再歇会儿？”“不啦，走吧。”这时候街的那边出现一个人，慢慢朝这边走。他们便都往路旁靠一靠，看着那个人，看他一步步走近，看他走过面前，又看着他一步步走远。不认识。这个人他们不认识。这个人太年轻了他们不可能认识，也许这个人的父亲或者爷爷他们认识。起风了，风吹动屋檐上的荒草，吹动屋檐下的三顶白发。已经走远的那个人还在回头张望，他必是想：这几个老人站在那儿等什么？

离开Z州城，仿佛离开了一个牵魂索命的地方，父亲和伯父都似吐了一口气：想见它，又怕见它。哎，Z州啊！老家，只是为了这样的想念和这样的恐惧吗？

汽车断断续续地挨着拒马河走，气氛轻松些了。父亲说：“顺着这条河走，就到你母亲的家了。”叔叔说：“这条河也通着你奶奶的家。”伯父说：“哎，你奶奶呀，一辈子就是羡慕别人能出去上学、读书。不是你奶奶一再坚持，我们几个能上得了大学？”几个人都点头，又都沉默。似乎这老家，永远是要为她沉默的。我在《奶奶的星星》里写过，我小时候，奶奶每晚都在灯下念着一本扫盲课本，总是把《国歌》一课中的“吼声”错念成“孔声”。我记得，奶奶总是羡慕母亲，说她赶上了新时代，又上过学，又能到外面去工作……

拒马河在太阳下面闪闪发光。他们说这河以前要宽阔得多，水也比现在深，浪也比现在大。他们说，以前，这一块平原差不多都靠着这条河。他们说，那时候，在河湾水浅的地方，随时你都能摸上一条大鲤鱼来。他们说，那时候这河里有的是鱼虾、螃蟹、莲藕、鸡头米，苇子长得比人高，密不透风，五月节包粽子，米泡好了再去劈粽叶也来得及……

母亲的家在Z州城外的张村。那村子真是大，汽车从村东到村西开了差不多一刻钟。拒马河从村边流过，我们挨近一座石桥停下。这情景让我想起小时候读过的一课书：

拒马河，靠山坡，弯弯曲曲绕村过……

父亲说：“就是这桥。”我们走上桥，父亲说：“看看吧，那就是你母亲以前住过的房子。”

高高的土坡上，一排陈旧的瓦房，围了一圈简陋的黄土矮墙，夕阳下尤其显得寂寞、黯然，甚至颓唐。那矮墙，父亲说原先没有，原先可不是这样，原先是一道青砖的围墙，原先还有一座漂亮的门楼，门前有两棵老槐树，母亲经常就坐在那槐树下读书……

这回我们一起走进那院子。院子里堆着柴草，堆着木料、灰沙，大约这老房是想换换模样了。主人不在家，只一群鸡“咯咯”地叫。

叔叔说：“就是这间屋。你爸就是从这儿把你妈娶走的。”

“真的？”

“问他呀。”

父亲避开我的目光，不说话，满脸通红，转身走开。我不敢再说什么。我知道那不是因为别的，是因为不能忘记的痛苦。母亲去世十年后的那个清明节，我和妹妹曾跟随父亲一起去给母亲扫墓，但是母亲的墓已经不见，那时父亲就是这样的表情，满脸通红，一言不发，东一头西一头地疾走，满山遍野地找寻着一棵红枫树，母亲就葬在那棵树旁。我曾写过：母亲离开得太突然，且只有四十九岁，那时我们三个都被这突来的厄运吓傻了，十年中谁也不敢提起母亲一个字，不敢说她，不敢想她，连她的照片也收起来不敢看……

直到十年后，那个清明节，我们不约而同地说起该去看看母亲的坟了；不约而同——可见谁也没有忘记，一刻都没有忘记……

我看着母亲出嫁前住的那间小屋，不由得有一个问题：那时候我在哪儿？那时候是不是已经注定，四十多年之后她的儿子才会来看望这间小屋，来这儿想象母亲当年出嫁的情景？一九四八年，母亲十九岁，未来其实都已经写好了，站在我四十六岁的地方看，母亲的一生已在那一阵喜庆的唢呐声中一字一句地写好了，不可更改。那唢呐声，沿着时间，沿着阳光和季节，一路风尘雨雪，传到今天才听出它的哀婉和苍凉。可是，十九岁的母亲听见了什么？十九岁的新娘有着怎样的梦想？十九岁的少女走出这个院子的时候历史与她何干？她提着婚礼服的裙裾，走出屋门，有没有再看看这个院落？她小心或者急切地走出这间小屋，走过这条甬道，转过这个墙角，迈过这道门槛，然后驻足，抬眼望去，她看见了什么？啊，拒马河！拒马河上绿柳如烟，雾霭飘荡，未来就藏在那一片浩渺的苍茫之中……我循着母亲出嫁的路，走出院子，走向河岸，拒马河悲喜不惊，必像四十多年前一样，翻动着浪花，平稳浩荡奔其前程……

我坐在河边，想着母亲曾经就在这儿玩耍，就在这儿长大，也许她就攀过那棵树，也许她就戏过那片水，也许她就躺在这片草丛中想象未来，然后，她离开了这儿，走进了那个喧嚣的北京城，走进了一团说不清的历史。我转动轮椅，在河边慢慢走，想着：从那个坐在老槐树下读书的少女，到她的儿子终于来看望这座残破的宅院，这中间发生了多少事呀。我望着这条两端不见头的河，想：那顶花轿顺着这河岸走，锣鼓声渐渐远了，唢呐声或许伴母亲一路，那一段漫长的时间里她是怎样的心情？一个人，离开故土，离开童年和少年的梦境，大约都是一样——就像我去串联、去插队的时候一样，顾不上别的，单被前途的神秘所吸引，在那神秘中描画幸福与浪漫……

如今我常猜想母亲的感情经历。父亲憨厚老实到完全缺乏浪漫，母亲可是天生的多情多梦，她有没有过另外的想法？从那绿柳如烟的河岸上走来的第一个男人，是不是父亲？在那雾霭苍茫的河岸上执意不去的最后一个男人，是不是父亲？甚至，在那绵长的唢呐声中，有没有一个立于河岸一直眺望着母亲的花轿渐行渐杳的男人？还有，随后的若干年中，她对她的爱情是否满意？我所能做的唯一见证是：母亲对父亲的缺乏浪漫常常哭笑不得，甚至叹气连声，但这个男人的诚实、厚道，让她信赖终生。

母亲去世时，我坐在轮椅里连一条谋生的路也还没找到，妹妹才十三岁，父亲一个人担起了这个家。二十年，这二十年母亲在天国一定什么都看见了。二十年后一切都好了，那个冬天，一夜之间，父亲就离开了我们。他仿佛终于完成了母亲的托付，终于熬过了他不能不熬的痛苦、操劳和孤独，然后急着去找母亲了——既然她在这尘世间连坟墓都没有留下。

老家，Z 州，张村，拒马河……这一片传说或这一片梦境，常让我想：倘那河岸上第一个走来的男人，或那河岸上执意不去的最后一个男人，都不是我的父亲，倘那个立于河岸一直眺望着母亲的花轿渐行渐杳的男人成了我的父亲，我还是我吗？当然，我只能是我，但却是另一个我了。这样看，我的由来是否过于偶然？任何人的由来是否都太偶然？都偶然，还有什么偶然可言？我必然是这一个。每个人都必然是这一个。所有的人都是一样，从老家久远的历史中抽取一个点、一条线索，作为开端。这开端，就像那绵绵不断的唢呐，难免会引出母亲一样的坎坷与苦难，但必须到达父亲一样的煎熬与责任，这正是命运要你接受的“想念与恐惧”吧。